DER HILL COUNTRY ANTRAG DES MILLIARDENSCHWEREN COWBOYS

Die milliardenschweren Cowboys
von True Love, Texas
Buch Drei

HOPE MOORE

Der Hill Country Antrag Des Milliardenschweren Cowboys

Bret Tanner herausfindet, dass der Verdacht seines Bruders der Wahrheit entspricht: Wenn einer der Tanner-Brüder ein Strumpfband fängt, bedeutet dies, dass er seine wahre Liebe finden wird.

Eine Romanze der zweiten Chancen um einen milliardenschweren Bullenreiter und das Mädchen, das er zurückgelassen hat. Gerüchte und Geheimnisse können eine Beziehung zerreißen, aber kann die Wahrheit gebrochene Herzen heilen oder ist es zu spät für die Liebe?

Rodeo-Champion Bret Tanner ist zu Hause, um bei einer Wohltätigkeitsveranstaltung seiner Familie zu helfen, als Ellie Seton auftaucht und ihn um ein Interview bittet. Er hat nicht vor, sich der Frau zu öffnen, die ihm vor Jahren das Herz gebrochen hat.

Ellie braucht das Interview und ist nicht begeistert

davon, Bret überreden zu müssen, mit ihr zu sprechen. Er brach ihr das Herz, als er sich fürs Bullenreiten und einen Lebensstil im Rampenlicht entschied. Heute ist sie Kolumnistin und benötigt das Interview, andernfalls verliert sie ihren Job. Als sich ihre Mutter, die Floristin der Stadt, verletzt, muss Ellie einspringen, um die Blumenbestellungen für die Wohltätigkeitsveranstaltung der Familie Tanner zu erfüllen.

Kann Ellies Hilfe bei der Veranstaltung helfen, ihr das Interview zu sichern, das sie so dringend braucht? Oder wird die Zusammenarbeit mit Bret zu viel für ihr Herz?

KAPITEL EINS

Ellie Seton strich den Bleistiftrock ihres schwarzen Kostüms glatt und starrte in ihrer Heimatstadt True Love, Texas auf die Tür von Mannys Bar und Grill. Sie war alles andere als froh darüber, zu Hause zu sein. Sie schluckte und holte dann tief Luft, um ihre Nerven zu beruhigen. Es war lange her, seit sie zuletzt einen Fuß in diese Bar gesetzt hatte. Beinahe acht Jahre. Sie war ein paar Mal zu Hause gewesen, hatte das Haus ihrer Eltern jedoch nicht oft verlassen. Und in diese bei den Einheimischen äußerst beliebte Bar, war sie erst recht nicht gegangen.

Das letzte Mal war sie in Begleitung von Bret Tanner hier gewesen. Sie konnte sich noch gut daran erinnern, wie wild ihr Herz geklopft hatte, als er ihr eröffnet hatte, dass er sie etwas Wichtiges fragen wolle.

Etwas Wichtiges… sie war eine solche Närrin gewesen. Ein Jahr, nachdem sie die Highschool verlassen hatten, waren sie zum ersten Mal miteinander ausgegangen und sie waren schon seit über einem Jahr zusammen gewesen, als sie angenommen hatte, er würde sie bitten, ihn zu heiraten.

Sie waren ein Jahr lang zusammen gewesen, nachdem sie ihm ihr Herz geschenkt hatte. Er träumte davon, Champion im Bullenreiten zu werden und verfolgte diesen Traum hartnäckig, was das Zusammensein mit ihm manchmal schwierig gestaltete. Doch er war wundervoll und gemeinsam hatten sie dafür gesorgt, dass es funktionierte. Sie glaubte an ihn und traute ihm zu, dass er beim NFR, dem National Finals Rodeo in Las Vegas, oder beim Pro Bull Riding bei den PBR National Finals antreten und gewinnen würde. Ihr war bewusst gewesen, dass es Hingabe erforderte, dieses Niveau zu erreichen und dass er beständig unterwegs sein würde um an Wettkämpfen teilzunehmen, Punkte zu sammeln und sich so einen Rang zu sichern, der ihn ins Finale bringen würde. Doch sie hatte geglaubt, dass er sie liebte und sie gemeinsam einen Weg finden würden, das möglich zu machen. Aber es war anders gekommen.

Auf der Schwelle des Ladens stehend, schluckte sie die Säure hinunter, die ihr in die Kehle stieg. Sie hatte nicht herkommen wollen. All die Jahre zuvor hatte er sie nicht gebeten, ihn zu heiraten. Stattdessen hatte er sie gebeten, auf ihn zu warten, während er sich daranmachte, seine Träume zu verwirklichen.

Seine Aufgaben auf der Ranch hatten ihn beschäftigt, wenn er zu Hause war, seine Familie hatte ihn gebraucht. Doch dann waren sie gegen Ende des ersten Jahres ihrer Beziehung auf Öl gestoßen und hatten es sich leisten können, zusätzliche Arbeitskräfte einzustellen. Die neue Freiheit hatte es ihm ermöglicht, sich ganz seinem Traum zu widmen. Das hatte er ihr an jenem Abend sagen wollen. Er hatte sie nicht gebeten, ihn zu begleiten; stattdessen hatte er sie gebeten, auf ihn zu warten.

Es hatte Ellie das Herz gebrochen, doch sie hatte es versucht.

Aber wenn ein Cowboy unterwegs ist – insbesondere, wenn er über Talent verfügt, reich ist und gerade dabei, sich einen Namen zu machen und als aufgehender Star gehandelt wird, dann dauert es nicht lange, bis die ersten Gerüchte entstehen und Bilder auftauchen, die diese zu untermauern scheinen. Die Reporter der Boulevardblätter hatten begonnen, ihm und seinen Brüdern, lauter attraktiven, alleinstehenden Männern, die plötzlich zu Milliardären geworden waren, auf Schritt und Tritt zu folgen. Die Tanner-Brüder sorgten für Schlagzeilen und Bret, dessen NFR-Träume zum Greifen nahe schienen, war ihr Hauptziel gewesen.

Ihr Mund wurde staubtrocken, als sie ihn im hinteren Teil der Bar entdeckte. Sie sehnte sich nach einem Glas Wasser mit Zitrone, da ihre Stimme unweigerlich brechen würde, wenn sie versuchte, mit ihm zu reden. Wenn sie gestresst war, neigte sie dazu, die Stimme zu verlieren. Und heute war sie äußerst gestresst.

Manchmal verursachte das sogar einen Ausschlag; sie betete, dass heute keiner dieser Tage war. Als Unterhaltungsreporterin musste sie oft mit bekannten Persönlichkeiten sprechen. Diese Leute zu interviewen hatte sie jedoch nie mit derselben Unruhe erfüllt, die sie nun spürte, als sie sich Bret Tanner näherte. Zu viel war geschehen. Zu viel Liebeskummer hatte ihren Weg gesäumt.

Sei ruhig, cool und gefasst. Sie musste die Show ihres Lebens abliefern. Bret Tanner brauchte nicht zu wissen, dass er ihr vor all den Jahren das Herz gebrochen hatte oder dass sie nie darüber hinweggekommen war, ihn in Begleitung verschiedenster Frauen auf den Titelseiten der Zeitschriften zu sehen, während sie hier in ihrer Heimatstadt auf ihn gewartet hatte. Oh, er hatte abgestritten, dass die Fotos die Wahrheit abbildeten, aber irgendwann war sie den beständigen Kummer leid gewesen.

Heute war alles, was sie von ihm wollte, ein Interview. Ein Interview, von dem ihr Job abhing. Die Leserschaft sank und ihr Chef hatte irgendwie herausgefunden, dass sie diesen Milliardär, zweimaligen NFR-Champion und sechsmaligen Finalisten kannte. Sie musste so tun, als ob ihre Vergangenheit Geschichte war und er sie nicht verletzt hatte. Doch in Wahrheit war sie nie darüber hinweggekommen, auch wenn da all diese Frauen gewesen waren. Es ging um alles oder nichts. Kein Druck.

Nicht der geringste.

Sie holte tief Luft und ging auf ihn zu.

* * *

Bret Tanner saß im rückwärtigen Teil von Mannys Bar and Grill in einer dunklen Ecke und wartete darauf, dass sein Bruder Jake sich zu ihm gesellte. Jake war vor ein paar Minuten zur Tür hereingekommen und auf der anderen Seite des Raums stehengeblieben, um mit jemandem zu sprechen, den er kannte. Bret saß in der dunkelsten Ecke des Ladens und hoffte auf ein ruhiges Abendessen mit seinem Bruder.

Er war anlässlich einer in Kürze stattfindenden Veranstaltung in der Stadt, bei der Geld für die neue Kinderabteilung des Krankenhauses in San Antonio gesammelt wurde. Er setzte seine Berühmtheit gern für einen guten Zweck ein, der ihm am Herzen lag und

Kindern zu helfen war ihm ein besonderes Anliegen. Dafür setzte er sich gern seinen Stetson auf den Kopf und sorgte mit seinem Auftritt als professioneller Bullenreiter dafür, dass Geld hereinkam. All das Geld, über das seine Familie verfügte, seit sie vor ein paar Jahren auf eines der größten Ölvorkommen gestoßen waren, die jemals in Texas entdeckt worden waren, und sie zu Milliardären gemacht hatte, versetze sie in die Lage, sich für solche Herzensprojekte zu engagieren. Es hatte ein paar seltsame Nachteile mit sich gebracht, so viel Geld zu besitzen, aber es bedeutete eben auch eine Menge Vorteile, die er nun, da er reifer geworden war, nicht länger ignorieren konnte, sodass er nicht mehr missmutig an all die Aufmerksamkeit dachte, die die Medien ihm und seinen Brüdern im Laufe der Jahre hatten zuteilwerden lassen.

Sie hatten irgendwann beschlossen, sich auf das Gute zu konzentrieren, das sie mit dem Geld anfangen konnten und nicht auf die negativen Folgen, die das Geld mit sich gebracht und ihr ruhiges Leben als Cowboys und Viehzüchter auf den Kopf gestellt und es zeitweilig in einen Zirkus verwandelt hatte. Das anstehende Event war eine Idee von Tulip und Cole gewesen, die es auf der Hauptranch der Tanners ausrichten würden, auf der die beiden lebten. Sie würden die wunderschönen Gärten präsentieren, die ihre Mutter angelegt hatte und die von Tulip noch verschönert und auf eine ganz neue Ebene gehoben worden waren, als sie auf die Ranch gekommen war. Es war für die beiden ein Leichtes gewesen, ihn zur Mithilfe zu bewegen, da er es liebte, Kindern zu helfen. Sie hofften auf eine erfolgreiche Spendenaktion; es würden viele wohlhabende Leute anwesend sein, die bereit waren, Geld für den neuen, für die Kinderstation bestimmten Flügel des Krankenhauses zu sammeln.

Die Veranstaltung würde außerdem ein paar kleineren Unternehmen aus der Umgebung die Möglichkeit bieten, für sich zu werben. Levis Frau Rita war Fotografin und hatte kürzlich in Fredericksburg ein Geschäft eröffnet, in dem sie für ihre Arbeit warb und Hochzeiten plante. Eine Floristin aus True Love würde atemberaubende Kulissen schaffen, vor der sich die Gäste des Events fotografieren lassen konnten. So würden beide Frauen die Möglichkeit erhalten, ihre

Unternehmen zu präsentieren.

Er war froh, dass alles geklappt hatte und in den nächsten sieben Tagen kein Rodeo anstand. Er war erst vor zwei Tagen mit dem Flugzeug gekommen. Damit blieben ihm fünf Tage, bevor er sich wieder auf den Weg machen musste, die Wohltätigkeitsveranstaltung fand in drei Tagen statt. Er war kein großer Fan förmlicher Kleidung, warf sich aber in Schale, wenn die Umstände es erforderten. Erst kürzlich hatte er sich zunächst für die Hochzeit seines Bruders Cole und kurz darauf für die von Levi herausgeputzt – beides Anlässe, die dies erfordert hatten – und er freute sich für die beiden. Anschließend hatten sie ihn beide gefragt, wie sein Plan lautete. Wann würde er heiraten? Nicht in absehbarer Zukunft. Er hatte kein Glück mit der Liebe gehabt. Und es nicht eilig, diese Katastrophe zu widerholen.

Nein, ihm war einmal das Herz gebrochen worden und seither hatte er es niemanden mehr geöffnet. Es gab nur die Familie, das Rodeo und seine Hilfe für Kinder… aber eine Frau? Keine Chance.

Das Rodeo gab seinem Leben einen Sinn. Er

beobachtete das kondensierte Wasser an seinem Glas eisgekühltem Wasser – seinem Lieblingsgetränk. Im Gegensatz zu vielen seiner Konkurrenten achtete Bret sehr darauf, was er zu sich nahm, um seinen Körper in Bestform zu halten. Das Rodeoreiten selbst war für den Körper schon anstrengend genug, auch ohne das man das Problem noch zusätzlich vergrößerte. Er strich mit dem Finger über das feuchte Glas und blickte zu Jake hinüber, der noch immer ins Gespräch vertieft war. Bret ließ seinen Blick durch den Raum schweifen, während seine Gedanken wirbelten und sich nun hartnäckig um seine Liebe zum Rodeo und die allgegenwärtige Erkenntnis drehten, dass sich seine Leidenschaft für diesen Sport und dessen Ausübung nicht ewig würden fortsetzen lassen, egal wie sehr er auf seine Ernährung achtete oder darauf, in Form zu bleiben. Der Ritt auf dem Bullen setzte einem Körper auf Dauer zu, daran führte kein Weg vorbei. Er wusste, dass er eines Tages damit aufhören musste. Das ständige Unterwegssein war hart, und so sehr er die Idee hasste, die Wettkämpfe aufzugeben, war er es doch inzwischen satt, nie lange an einem Ort zu sein. Er lebte quasi auf den geteerten

Straßen des Landes, wie manche sagen würden. War es möglich, zufrieden zu sein ohne den beständigen Adrenalinrausch und die Wettkämpfe, die er so liebte? Und wenn er sie aufgab, was dann?

Er versuchte, sich seine Laune nicht von diesen Gedanken trüben zu lassen und schob sie beiseite, aber sie kehrten ein ums andere Mal zurück, stärker und stärker. Es war egal, mit welcher Vehemenz er die Fakten leugnete, sie blieben dennoch wahr. Trotz mehrerer Verletzungen, die ihm derzeit zusetzten, befand sich seine Karriere auf dem Höhepunkt und er hatte hart dafür gearbeitet, seinen Platz in der diesjährigen Gesamtwertung zu halten. Doch wie lange noch?

Sein Körper schmerzte von seinem letzten Ritt, der besonders rau gewesen war. Direkt im Anschluss an das Rodeo war er in ein Charterflugzeug gestiegen und hatte erst einmal drei rezeptfrei erhältliche Schmerztabletten genommen – er hatte kurz davorgestanden, die verschreibungspflichtigen Schmerzmittel hervorzukramen, die er für den Fall bei sich trug, dass ein Wettkampf ihm mehr Schmerzen bereitete, als er aushalten konnte. In letzter Zeit hatte er die verschreibungspflichtigen Medikamente häufiger eingenommen, als ihm lieb war, ein Beweis dafür, dass sein Körper mit dem geliebten Beruf nicht mehr so gut zurechtkam wie früher.

Bei Jake angekommen, war er ins Bett gefallen und hatte tief und traumlos geschlafen, bis er ein paar Stunden später vom Krähen eines Hahns erwacht war. Da die Schmerzmittel inzwischen aufgehört hatten zu wirken, hatte er sich aus dem Bett gerollt und war zu Jake in die Küche getapst, der gerade Kaffee gekocht hatte. Dankbar hatte er den frisch aufgebrühten Kaffee entgegengenommen und sich dann einen Eisbeutel aus der Tiefkühltruhe genommen und auf die Schulter gelegt, während er seinen Kaffee trank. Er hatte seine Schulter den ganzen Tag über gekühlt und hoffte, dass es ihm morgen besser gehen würde. Er interpretierte dies als weiteres Zeichen dafür, dass das Unvermeidliche näher rückte und er damit aufhören musste, die Realität zu ignorieren.

Sein Blick wanderte durch den Essbereich, als sich auf der anderen Seite des Raums die Eingangstür öffnete und sich im Gegenlicht eine schlanke Frau abzeichnete. Sie trug eine weiße Bluse und einen schwarzen Rock, einen enganliegenden Rock, der weder zu kurz noch zu lang war und knapp über dem Knie endete. Sah aus wie der Rock eines Business-Kostüms. Sie betrat den Raum, und er beobachtete, wie sie etwas zu der Wirtin sagte, bevor sie in den hinteren Teil des Raumes schritt, in dem er und viele andere Gäste saßen.

Das Licht war schwach und er war zu weit weg, um ihre Gesichtszüge zu erkennen, aber etwas an der Art, wie sie sich bewegte, kam ihm bekannt vor. Sie blieb stehen und suchte den Raum ab, mit dem sie vertraut zu sein schien und strich sich ein Strähne ihres schulterlangen schwarzen Haares hinters Ohr, bevor sie ins Licht trat.

Er atmete hörbar ein. *Ellie.*

Es war lange her und die Chancen standen jedes Mal schlecht, wenn er nach Hause kam; True Love war nur ein kleiner Ort. Und doch waren sie sich seit beinahe sechs Jahren nicht begegnet. Er griff nach seinem Wasser und nahm einen Schluck, sein Mund war mit einem Mal staubtrocken. Sein Magen brannte und er behielt sie im Blick, während sie weiter auf ihn zukam. Er wusste, dass sie ihn nicht sehen konnte, die Beleuchtung war schlecht und er hatte sich seinen Hut tief über die Augen gezogen. Dennoch näherte sie sich ihm, als ob sie genau wüsste, wohin sie ging.

Erinnerungen durchzuckten ihn und führten ihn zu einem anderen Moment zurück, einer anderen Zeit, als sie beide hier in einer der Nischen gesessen hatten, er hatte einen Arm um sie gelegt und sie geküsst. *Er hatte es geliebt, sie zu küssen.*

Er verdrängte diesen Gedanken, während sich sein Magen verkrampfte und seine Furcht mit jedem Schritt zunahm, den sie machte.

Das förmliche Kostüm stand ihr gut, auch wenn er ihren Anblick in Jeans und den Rüschentops bevorzugte, die sie getragen hatte, als sie jünger gewesen waren. Warum dachte er an Ellie Seton und wie es gewesen war, mit ihr zusammen zu sein? Es war keine gute Idee, diesen nur Kummer bereithaltenden Weg aus der Vergangenheit noch einmal zu beschreiten.

Diese Frau war erwachsen und selbstbewusst, nicht

mehr das süße Cowgirl, das ihm einmal alles bedeutet hatte. Sein Herz tobte, als ihr Blick den seinen kreuzte.

Diese wunderschönen lavendelfarbenen Augen verfolgten ihn am Tag und in der Nacht, wenn er unachtsam war. Nur, dass sie ihn im Moment weder sanft noch lieblich oder einladend ansahen, stattdessen war der Blick, den sie ihm zuwarf, ziemlich schroff. *Was war los?* Er setzte sich aufrechter hin, ermahnte sich aber im nächsten Augenblick, sich zu entspannen; nur weil sie in seine Richtung kam, musste er sich nicht so verhalten, als ob ihn das interessierte. Er machte es sich wieder bequem, griff nach seinem Glas und trank einen Schluck, während sie auf direktem Weg zu seinem Tisch kam. Sein Herz begann mit der Schnelligkeit eines Rennwagens zu schlagen.

„Hallo, Bret", sagte sie mit dieser sanften, heiseren Stimme, die ihn früher um den Verstand gebracht hatte.

Er wandte seinen Blick nicht ab. „Ellie. Was führt dich in die Stadt?" Er klang hart, verbittert, und das mochte er nicht. Er wollte über sie hinweg sein. Wollte, dass sie das glaubte, ob es nun so war oder nicht.

„Tatsächlich bin ich hier, um dich zu sehen", sagte

sie zögernd.

Ihre Worte trafen ihn, als hätte ihm jemand einen Satz mit einem Vorschlaghammer verpasst oder als wäre er von einer Herde davonstürmender Hengste getreten worden.

„Mich? Warum bist du hier, um mich zu sehen? Wir haben unsere Angelegenheit vor langer Zeit beendet."

Sie verlagerte ihr Gleichgewicht von einem roten High Heel auf den anderen und strich sich erneut eine Haarsträhne hinter die Ohren.

Er wünschte, das flackernde Licht an seinem Tisch wäre etwas heller, damit er den Ausdruck in ihren Augen besser deuten konnte, doch das gelang ihm nicht.

„Ich muss mit dir reden. Hast du eine Minute?"

„Ich bin mit Jake hier und danach wollen wir uns gleich mit Levi und Cole treffen."

Sie sah enttäuscht aus, während sie kerzengerade vor ihm stehenblieb. „Ich verstehe. Können wir uns dann morgen treffen? Ich werde Mom mit den Blumen für die Wohltätigkeitsveranstaltung helfen, zu der Cole und deine Familie auf die Hauptranch einladen. Ich kann mich nach dir richten, je nachdem, wann du Zeit hast. Vielleicht werde ich bei Gelegenheit auch mal raus auf die Ranch kommen, um zu sehen, wie weit die Vorbereitungen gediehen sind."

Schrecken durchfuhr ihn. *Sie half ihrer Mutter mit den Blumen.* „Ich habe gehört, dass sich deine Mutter um die Blumen kümmert. Allerdings wusste ich nicht, dass du ihr hilfst." Er klang alles andere als begeistert, aber das war ihm egal. Er hatte nicht vor, Zeit mit ihr zu verbringen. Und warum wollte sie sich überhaupt mit ihm treffen?

„Das sollte ich eigentlich auch nicht, aber ich war hier, also habe ich meine Hilfe angeboten und sie hat sie angenommen. Sie war etwas überfordert, glaube ich, von der Menge an Blumen-Arrangements. Es wird wunderschön."

„Das haben meine Eltern auch gesagt. Levis Frau Rita, gibt sich bezüglich der Dekoration alle Mühe, das bedeutet mehr Blumen für deine Mutter."

„Ja, und sie ist voll dabei. Sie hat vor, ihr Geschäft auszubauen, wenn sie gute Rückmeldungen bekommt. Was Rita auch für ihr Unternehmen für

Hochzeitsfotografie und Hochzeitsplanung erwartet."

„Das habe ich gehört."

„Also, können wir uns morgen treffen?"

Was war nur los? „Ich werde wirklich beschäftigt sein mit den Aufbauarbeiten. Warum musst du mit mir reden?"

Sie holte tief Luft und er konnte sehen, dass ihr das alles genauso wenig gefiel wie ihm. *Also was war los?*

„Ich würde lieber privat mit dir darüber reden, anstatt hier einfach so damit herauszuplatzen. Aber es ist wichtig und ich würde ein Treffen sehr zu schätzen wissen."

„Okay, ich werde dich treffen. Wo?"

„Wie wäre es am Fluss?"

„Der Fluss. Okay." Warum hatte er ausgerechnet dem Fluss zugestimmt? Durch die Landschaft des Hill Country wanden sich unzählige lange Flüsse und doch wusste er genau, wo sie ihn treffen wollte.

Sie hatten sich häufig an dem Ort getroffen, den sie einst „ihren" Ort genannt hatten, damals, bevor sich alles verändert hatte.

„Gut. Um zehn?"

„Wir sehen uns dort." Er wollte nur, dass sie endlich ging. Er bemerkte, dass Jake und andere sie beobachteten.

„Dann gehe ich jetzt." Sie wirbelte herum und ging auf demselben Weg zurück, auf dem sie hereingekommen war, allerdings war sie dabei nicht annähernd so langsam wie vor ein paar Minuten. Offenbar versuchte sie, so schnell wie möglich von hier zu entkommen.

Und zu seinem Entsetzen erforderte es seine gesamte Willenskraft, ihr nicht hinterherzulaufen.

Zum Glück kam Jake endlich herüber und nahm ihm gegenüber Platz. Sein kleiner Bruder grinste wie ein Opossum, während er zusah, wie sich die Tür hinter der Liebe seines Lebens schloss.

„Worum ging es?", fragte Jake, als die Kellnerin kam, um ihre Bestellung aufzunehmen.

Bret hatte keinen Appetit mehr. *Was wollte sie nach all der Zeit?* Die Begegnung mit der Vergangenheit hatte ihn nervös gemacht. Er sagte der Kellnerin, was er wollte und sah dann mit an, wie diese errötete, als sie sich Jake zuwandte. Sein Bruder flirtete einen Moment mit ihr, was Bret die Gelegenheit gab, sich zu sammeln. Seine Familie wusste nicht, wie schwer ihn die Trennung von Ellie getroffen hatte. Er wollte nicht, dass sie oder irgendjemand sonst wusste, dass er immer noch nicht verwunden hatte, was Ellie ihm vor all den Jahren angetan hatte.

Es war erbärmlich, dass er das nicht völlig hinter sich lassen konnte. Manchmal dachte er, es wäre ihm endlich gelungen, doch dann sah er einen Artikel, den sie geschrieben hatte, oder erblickte sie irgendwo in der Stadt, wenn sie beide anlässlich eines Feiertags zu Hause waren. Dies geschah stets nur aus der Ferne, denn er hielt beständig nach ihr Ausschau und versuchte ihr um jeden Preis aus dem Weg zu gehen. Das war in den ersten Jahren sogar so weit gegangen, dass er gar nicht erst nach Hause gekommen war, wenn er wusste, dass sie wahrscheinlich in der Stadt sein würde.

Doch das brauchte niemand zu wissen. Er war derjenige der Brüder, der alles hatte – er hatte seinen Traum verwirklicht. Er war unter den besten im NFR; er hatte den Wettkampf zwar nur in den ersten zwei Jahren gewonnen, war aber seitdem immer unten den besten sechs gewesen. Und in diesem Jahr war er derjenige, den es zu schlagen galt. Dafür musste er im Dezember alles geben. Er war der Bruder mit dem jungenhaften Aussehen, der sich durch nichts aus der Ruhe zu bringen lassen schien. Er hatte ein gutes Pokerface. Und das war ihm nur recht.

Nachdem die Kellnerin gegangen war, lehnte sich Jake in seinem Stuhl zurück. „War das ein Fan, mit dem du gerade gesprochen hast? Sah interessant aus." Er grinste.

„Nur jemand, der mit mir reden will."

„Ging es um ein Interview, ein Autogramm oder ein Date?"

„Ich weiß es nicht." Er war ganz durcheinander und wusste, dass es zwecklos war, nicht zu sagen, dass es Ellie gewesen war. Jake würde sowieso nicht lange brauchen, um das herauszufinden. „Es war nicht wichtig."

Jakes Blick bohrte sich in ihn und Bret gab sein Bestes, um keine Miene zu verziehen.

„Du weißt, dass ich sehen kannst, dass du lügst, oder?"

„Ich lüge nicht." Frustration durchströmte ihn und setzte sich in seinen Eingeweiden fest. Er schlug mit den Ellbogen auf die Tischplatte und legte die Hände übereinander. Er beugte sich vor und runzelte die Stirn. „Okay, wenn du es unbedingt wissen willst, das eben war Ellie Seton."

Jakes schockierter Gesichtsausdruck wich einem Grinsen. „Ellie. Wow. Du hast sie lange nicht gesehen, oder?"

„Nein, habe ich nicht. Und ich hatte auch nicht erwartet, sie heute Abend zu sehen. Es war ein Schock, als sie an meinen Tisch kam."

„Ich weiß, dass ihr beide nicht im Guten auseinandergegangen seid und mir ist bewusst, dass du es unter allen Umständen vermeidest, darüber zu sprechen. Ich hätte gedacht, du bist darüber hinweg, aber so wie du aussiehst, bist du es nicht."

„Ich bin darüber hinweg. Ich denke nur nicht gern an sie."

„Du siehst nicht so aus. Du warst in sie verliebt. Wir dachten alle, ihr würdet heiraten."

„Ihr habt euch geirrt."

Jake zog die Augenbrauen zusammen. „Ich habe gehört, es geht ihr gut."

„Kann sein. Ich weiß es nicht. Ich halte mich nicht über sie auf dem Laufenden. Aber ja, sie war mir einmal wichtig, aber sie hat es beendet."

„Vielleicht ist sie bereit, es noch einmal zu versuchen."

„Ich bin es nicht. Dieses Schiff ist schon lange davongesegelt."

„Du bist ganz schön reizbar."

„Können wir das Thema fallen lassen? Es interessiert mich nicht. Ich habe mich einmal verbrannt und werde das kein zweites Mal zulassen."

„Das verstehe ich völlig. Also, warum war sie hier?"

Er warf seinem Bruder einen finsteren Blick zu. „Ich weiß es nicht. Ich werde sie morgen treffen und es herausfinden, okay? Ist das für dich in Ordnung?"

Jake hielt seine Hände hoch. „Hey, ich frage doch nur. Entspann dich. Du bist gespannt wie Stacheldraht. Ich glaube, sie hat dich mehr verletzt als du zugeben willst."

„Ich hatte nicht erwartet, dass sie hierherkommt. Ich habe sie weder gesehen noch von ihr gehört, seit sie mich kurz vor meinem ersten Ritt bei den National Finals angerufen und mit mir Schluss gemacht hat, also sagen wir einfach, ich bin nicht gerade begeistert darüber, sie zu sehen.“

„Ich bin auf deiner Seite. Ich kann verstehen, warum du aufgebracht bist. Aber wenn etwas in der Lage ist, dich innerlich so durcheinanderzubringen wie das gerade, dann ist es vielleicht an der Zeit herauszufinden, warum.“ Jake hatte recht.

Ihr Essen wurde gebracht und er starrte es an, alles andere als hungrig. Trotz seiner Zurückhaltung bezüglich des morgigen Treffens mussten sie sich unterhalten.

KAPITEL ZWEI

Ellies Hände zitterten, als sie den Schlüssel herumdrehte und der Automotor schnurrend zum Leben erwachte. „Warum habe ich mich nur darauf eingelassen?", murmelte sie, als sie in den Rückspiegel blickte und dann rückwärts aus der Parklücke fuhr. Schwer atmend und gegen die Gefühle ankämpfend, die sie zu überwältigen drohten, stellte sie die Schaltung auf Drive und drückte das Pedal durch. Je eher sie von hier weg war, desto besser.

Als sie wenige Augenblicke später die dunkle Landstraße zum Haus ihrer Eltern entlangfuhr, hatte sie sich bereits ein wenig beruhigt. Für gewöhnlich war sie kein emotionales Wrack und sie hatte auch nicht vor, jetzt eines zu werden. Und wegen Bret schon gar nicht.

Ja, die Zeit, die vergangen war, war gnädig zu ihm

gewesen. Er hatte sich sein gutes Aussehen bewahrt und diese hellen Augen, die immer so ausdrucksstark und verlockend gewesen waren, waren noch genauso ausdrucksstark und verlockend wie eh und je. Doch sie hatte eine gewisse Schärfe in ihnen wahrgenommen. Vielleicht hatte sie ihn erschreckt, als sie ohne Vorwarnung direkt auf ihn zugegangen war. Vielleicht aber war dieser verschlossene Blick, vorsichtig und aufmerksam, ihr vorbehalten. Vielleicht glaubte er nach all den Jahren immer noch, dass sie die Böse gewesen war, weil sie mit ihm Schluss gemacht hatte, nachdem sie versprochen hatte, auf ihn zu warten.

Sie fuhr in die Einfahrt ihres Elternhauses. Das Haus ihrer Mutter; daran, dass ihr Vater nicht mehr bei ihnen war, hatte sie sich noch immer nicht gewöhnen können. Als sie vor ein paar Stunden das Haus betreten und Hallo gerufen hatte, hatte sie erwartet, dass er sie begrüßen würde. Als ihre Mutter lächelnd allein um die Ecke gebogen war und sie in eine innige Umarmung gezogen hatte, hatte sie sich gefreut, sie zu sehen, und doch gleichzeitig den Verlust ihres Vaters besonders stark empfunden.

Vielleicht würde sie sich eines Tages daran gewöhnen, doch noch konnte sie sich nicht vorstellen, dass dieser Tag jemals kommen würde.

„Schatz", rief ihre Mutter in dem Moment, als sie durch das Garagentor trat. „Wasch dir die Hände. Das Abendessen steht schon auf dem Tisch."

Sie schloss die Augen und blieb im Flur stehen. Sie hatte keinen Appetit, wollte ihre Mutter aber nicht enttäuschen. „Ich komme sofort. Es riecht lecker." Das tat es wirklich. Irgendetwas mit italienischen Gewürzen, und da dies ihr erster Abend daheim war, musste es sich um ihr Lieblingsgericht handeln: hausgemachte Rindfleisch-Ravioli mit italienischer Marinara-Sauce. Sie musste etwas davon essen, sonst würde ihre Mutter wissen, dass ihr etwas auf der Seele lag. Zu Ravioli hatte sie noch nie Nein sagen können.

Sie wusch sich die Hände und trocknete sie ab, während sie sich im Spiegel betrachtete. Sie kniff sich in die Wangen und versuchte, etwas Farbe hineinzubringen und ging dann den Flur entlang in die Küche.

„Setz dich an die Theke. Ich habe die Teller schon

bereitgestellt. Ich freue mich so, dass jemand mit mir isst, jetzt, wo du zu Hause bist. Wie du weißt, wollte dein Vater immer, dass alle zusammensitzen."

Sie sank auf den gepolsterten Barhocker. „Ich vermisse ihn."

„Ich auch. Er würde sich freuen, dass du hier bist. So wie ich es tue. Ich habe dein Lieblingsessen gemacht."

Sie lächelte und fühlte sich nur durch ihre Anwesenheit hier bereits besser. „Ich hatte es gehofft, als ich den Geruch wahrnahm. Ich kann es kaum erwarten."

„Nachdem ich das Tischgebet gesprochen habe, kannst du dich darüber hermachen."

Ihre Mutter nahm neben ihr Platz. Sie griffen automatisch nach der Hand der anderen und senkten die Köpfe, während ihre Mutter ein Dankgebet für das Essen sprach und dafür, dass Ellie bei ihr war und einige Zeit zu Hause verbringen würde.

Ellie ließ den Frieden dieses Augenblicks auf sich wirken und sich von ihm einhüllen. Sie war zu Hause, die Anwesenheit ihrer Mutter beruhigte sie, und das

Gebet erinnerte sie daran, dass sie durchstehen konnte, egal, was auch geschehen würde. Sogar das morgige Treffen mit Bret.

An diesem Abend jedoch ging es um ihre Mutter und das Willkommensessen, das speziell für sie zubereitet worden war.

„Ist alles in Ordnung? Linda Dingle hat angerufen und erzählt, dass sie gesehen hat, dass du dich bei Mannys mit Bret unterhalten hast. Es muss ein Schock gewesen sein, aber ich bin froh, dass ihr euch vor der Veranstaltung begegnet seid. Vielleicht wird es dann nicht so merkwürdig. Woher wusstest du, dass er da sein würde?"

„Es war merkwürdig, aber ich muss ein Interview mit ihm führen, während ich hier bin. Ich habe ihn zufällig vorbeifahren sehen, als ich die Tankstelle verließ. Ich beschloss, ihm zu folgen, und alte Gewohnheiten legt man nicht so schnell ab. Er hat schon immer gern bei Mannys gegessen."

„Du auch."

„Ja, aber ich habe schon lange keinen Fuß mehr hineingesetzt."

„Hast du ein Treffen mit ihm vereinbart?"

„Habe ich. Er hat gezögert, dann aber zugestimmt. Ich treffe mich mit ihm, bevor ich morgen Vormittag in den Blumenladen komme."

Die Augen ihrer Mutter leuchteten auf. „Großartig. Nimm dir alle Zeit, die du brauchst."

Sie brachte es nicht übers Herz, ihrer Mutter zu sagen, dass sie fest davon ausging, dass Bret ihr eine Absage erteilen würde, sobald er wusste, was sie von ihm wollte.

* * *

Am nächsten Morgen parkte Bret seinen Truck neben dem roten Mietwagen, den Blick auf den Weg gerichtet, der sich zwischen den Bäumen verlor. Er holte tief Luft und ließ den Kopf hängen, dann ermahnte er sich selbst, sich gefälligst zusammenzureißen. Sie am Abend zuvor zu sehen, hatte einen Aufruhr in seinem Inneren angerichtet, der bis jetzt nicht abgeklungen war.

Er stieg aus, schloss die Tür des Trucks und hielt dann inne, während er auf die Öffnung zwischen den

Bäumen und den Weg zum Fluss starrte. Wie viele Male war er diesen Weg entlanggegangen, um sich mit Ellie zu treffen, als sie noch jünger gewesen waren? Zahllose Male. Es war ihr besonderer Ort gewesen.

Komm damit klar.

„Ja, schließ endlich damit ab", knurrte er leise und ging dann auf den Pfad zu. Mit pochendem Herzen folgte er dem Pfad durch die Bäume hinunter zum Fluss. Offensichtlich wurde der Weg ab und zu benutzt, denn er war immer noch auszumachen und nur stellenweise von niedrigen Pflanzen bedeckt. Er sah sie auf dem großen Felsen sitzen, der über das Wasser ragte. Sein Mund wurde trocken und sein Bauch begann auf eine Art zu schmerzen, als hätte er faule Eier verzehrt. Er steckte eine Hand in die Tasche und ging weiter.

Irgendwie hatte sie ihn trotz des leisen Rauschens des Flusses gehört. Dieser Abschnitt des Flusses war überaus idyllisch. Die Bäume ragten gute sieben Meter über die längst des Flusses verlaufende Erhöhung empor und überragten die untere Böschung, auf die er nun zuging. Es war schattig, abgelegen und wunderschön. Der Fluss wurde hier breiter und bot so einen Bereich zum Schwimmen. Früher hatte eine Seilschaukel von einem der Bäume herabgehangen. Sie hatten es geliebt, sich von einem der Felsen zu schwingen und sich ins kühle Wasser fallen zu lassen. Das hatte Spaß gemacht und war Teil vieler schöner Erinnerungen. Warum hatte sie diesen Platz für ihr Treffen ausgewählt? Die Schaukel war schon lange verschwunden, ebenso wie die guten Erinnerungen, die sie mit diesem Ort verbunden hatten.

Warum hatte sie keinen neutralen Ort ausgesucht? Hier waren sie einander häufig nahe gewesen, hatten sich in den Armen gelegen. Sie hatten viele Stunden damit zugebracht, über die Zukunft zu sprechen … ihren Plan, der vorsah, dass er Rodeo-Champion wurde und sie Hausfrau und Mutter, damit sie so häufig wie möglich mit ihm reisen konnte. Das war ihr Traum gewesen. Sie hatte nur seine Frau und Mutter seiner Kinder sein wollen. Sie hatte ihn lieben und ein Zuhause für sie beide schaffen wollen.

Und dann war sie fortgegangen und hatte sich für eine Karriere als Journalistin entschieden.

Bitterkeit erfüllte sein Herz, als er an diesen Abend

zurückdachte. Den Abend, an dem sie angerufen und ihre gemeinsamen Träume zunichte gemacht hatte.

So viel Zeit war vergangen; dies waren keine Gedanken, denen er noch nachhängen sollte.

„Hey", ihre Stimme klang ein wenig atemlos, so als wäre auch sie nervös. Sie stand am Fluss und trat von einem Fuß auf den anderen. Sie trug schwarze Leggings, pinkfarbene Joggingschuhe und eine seidige weiße Bluse, die bis zur Mitte ihrer Oberschenkel reichte.

„Hey", knurrte er. Er zog es vor, am Rand des Weges stehen zu bleiben. Er verschränkte die Arme und wartete.

Sie schluckte und befeuchtete ihre Lippen.

Sein Blick folgte der Bewegung und schoss dann zurück zu ihren Augen. Er konzentrierte sich auf ihre Augen und hielt seinen Blick an Ort und Stelle. Aber auch das war schwierig. Ihre lavendelfarbenen Augen waren weit aufgerissen und spiegelten Emotionen wieder, an die er nicht denken wollte – denn auch sie sah aus, als würde sie daran denken, wie es früher gewesen war, hier zu sein.

„Ich habe nicht den ganzen Tag Zeit. Ich muss zurück und mit den Vorbereitungen für das Event helfen." Er wusste, dass er schroff klang, aber er hielt das nicht aus.

„Richtig. Ich bin hier, weil ich damit beauftragt wurde, dich zu interviewen. Ich weiß, dass das wahrscheinlich das Letzte ist, was du von mir zu hören erwartet hast, aber mein Chef hat herausgefunden, dass ich dich kenne und mir den Auftrag gegeben. Er war der Meinung, ein persönliches Interview mit einem berühmten Rodeo-Champion würde gut in unsere Artikelreihe über Athleten verschiedener Sportarten passen."

Er starrte sie an und traute seinen Ohren nicht. „Ich bin hergekommen, um bei der Wohltätigkeitsveranstaltung für die Krebshilfe zu helfen. Ich bin nicht hier, um Interviews zu geben." Und ihr schon gar nicht. Er hatte nicht vor, sich hinzusetzen und der Frau ein persönliches Interview zu geben, die seine Gefühle mit Füßen getreten hatte und dann fortgegangen war.

„Ich dachte mir, dass du das sagen würdest." Sie

wandte den Blick ab und starrte auf den Fluss. Für einen Moment sah sie verloren aus.

Er durfte sie nicht als verloren oder verwundbar wahrnehmen. Darauf würde er nicht hereinfallen. Er stand da, wollte sich abwenden und den Hügel hinaufrennen, in seinen Truck steigen und davonwegfahren.

Sie nickte in Richtung des Wassers. „Es ist immer noch so schön wie eh und je. Wir haben hier schöne Zeiten verbracht, nicht wahr?"

Jetzt würde sie ihre gemeinsame Vergangenheit gegen ihn verwenden. Wut kochte in ihm hoch. „Ja, haben wir. Vor einer halben Ewigkeit. Warum um alles in der Welt wolltest du dich hier mit mir treffen?"

„Ich weiß es nicht. Als du mich gefragt hast, wo wir uns treffen wollen, ist mir dieser Ort als erstes in den Sinn gekommen. Ich schätze, weil wir immer hergekommen sind. Eine unwillkürliche Reaktion. Ich sehe ein, dass das keine gute Wahl war."

„Stimmt." Er legte eine Hand an seinen Nacken und versuchte, die sich dort aufbauende Spannung weg zu massieren. „Nun, ich muss arbeiten." Er drehte sich um und ging den Weg zurück.

„Bret!"

Er blieb stehen, ließ den Kopf hängen und riet sich selbst, einfach weiterzugehen. Er schuldete ihr nichts. Er war sonst kein Trottel, fühlte sich aber wie einer, seit sie am vergangenen Abend an seinen Tisch getreten war. Er drehte sich langsam um und hasste sich selbst, als er gegen die Gefühle ankämpfte, die die Mauern niederzureißen drohten, die er um sein Herz errichtet hatte. Er würde nicht, konnte nicht dem Verlangen nachgeben, sie in seine Arme zu ziehen und zu küssen. Daran hatte er die ganze Nacht über denken müssen.

Sie hatten sich eine gemeinsame Zukunft ausgemalt, doch Ellie hatte sich von ihrem Plan abgewandt. Er hatte sie noch geliebt, als sie ihn an jenem Abend angerufen hatte. Und er befürchtete, dass er das noch immer tat.

Er musterte sie, als er sich wieder zu ihr drehte, und wusste, dass er noch immer eine Schwäche für sie hatte. Wusste, dass es nach all den Jahren immer noch so war.

Er schluckte. Sein Mund war trocken wie ein Wüstensturm. „Was?"

„Ich weiß, dass wir nicht im Guten auseinandergegangen sind. Aber ich denke, deine Mutter würde sagen, wir müssen darüber hinwegkommen, genauso wie meine Mutter das zu mir gesagt hat. Natürlich sprechen die beiden über unsere Vergangenheit, so gut wie sie miteinander befreundet sind. Vielleicht sollten wir einmal alles auf den Tisch legen. Vielleicht würde ein Interview uns helfen, einen Ansatzpunkt dafür zu finden. Vielleicht könnten wie so wenigsten dahinkommen, uns nicht mehr aus dem Weg zu gehen, wenn einer von uns in der Stadt ist. Denn wir wissen beide, dass wir das tun. Ich weiß, dass ich dich verletzt habe, und sicher weißt du auch, dass du mich verletzt hast. Aber das ist lange her. Wir müssen es hinter uns lassen."

Er starrte sie an. Er konnte sich nicht bewegen. *Sie dachte, sie würden ein Interview machen, und alles wäre wieder in bester Ordnung, ganz normal?*

„Ich weiß nicht, wovon du sprichst", wehrte er ab, was eine glatte Lüge war – denn er wusste genau, wovon sie sprach. Aber wenn er das zugäbe, würde er ihr zeigen, wie sehr sie ihn verletzt hatte. Er wollte nicht, dass irgendjemand wusste, dass sie ihm das Herz gebrochen hatte, und sie schon gar nicht.

Sie seufzte. „In Ordnung. So willst du es also angehen. Sieh mal, ich hasse es, das zuzugeben, aber wenn ich dieses Interview nicht bekomme, werde ich meinen Job verlieren."

Er biss die Zähne zusammen bei der Enthüllung, dass sie ihn deswegen aufgesucht hatte und diese Tatsache nun ausnutzte, um an ihn heranzukommen. „Ich weiß nicht, wie es dazu kam, dass dein Job von einem Interview mit mir abhängt, aber das ist schade, denn ich werde nicht mit dir sprechen. Du wirst einen anderen Job finden, da bin ich mir sicher." Er wandte sich ab und unterdrückte die Schuldgefühle, die an ihm zerrten. Er schuldete ihr nichts. Nicht eine verdammte Kleinigkeit.

Er stieg den Hügel hinauf und dieses Mal ignorierte er sie, als sie ihm hinterherrief, er solle warten. Seine Hände zitterten, als er sich hinter das Steuer seines Trucks setzte und den Schlüssel herumdrehte. Innerhalb von Augenblicken war er auf dem Weg zurück in die Stadt, seine Gedanken wirbelten um das Treffen mit

Ellie. Zuzustimmen, sie zu treffen, kam ihm nachträglich wie eine der schlechtesten Entscheidungen vor, die er je getroffen hatte.

Er hätte von Anfang an Nein sagen sollen.

* * *

Ellie konnte sich nicht bewegen. Sie starrte auf die Stelle zwischen den Bäumen, an der Bret gestanden hatte, bevor er so abgebrüht fortgegangen war. Er war ein harter Mann geworden.

Schon am vergangenen Abend war er ihr kalt vorgekommen und dieses Treffen hatte daran nichts geändert. Tief in ihrem Inneren hatte sie gewusst, dass es so kommen würde.

Sie fuhr sich mit der Hand durch das schwarze Haar, während sie sich umdrehte und auf das dahinfließende Wasser starrte. Ihre Knie zitterten und sie sank auf einen Felsen. Sie zog die Knie an, schlang ihre Arme um sie und wiegte sich sanft hin und her. *Sie würde ihren Job verlieren.*

Sie hätte das einfach akzeptieren und Bret nicht

ansprechen sollen.

Je eher sie sich damit abfand, desto besser. Sie hätte sich das einfach eingestehen sollen, bevor sie hierhergekommen war. Warum hatte sie überhaupt angenommen, dass es ihn kümmern würde? Wieso hatte sie gedacht, dass sie ihre Vergangenheit überwinden konnten? Es war ohnehin schwer gewesen, ihn zu sehen. Er sah immer noch so gut aus und trotz der Jahre, die vergangen waren, tat es weh, ihn anzublicken. Es tat weh, darüber nachzudenken, was sie hätten haben können.

Sie hätten bereits ihre eigene Familie haben können. Sie hatte davon geträumt, mit Bret eine Familie zu gründen. Sie hatte bereits Namen für ihre Kinder ausgesucht. Sie hatte sich drei entzückende kleine Kinder mit Engelsgesichtern vorgestellt, denen sie jeweils einen Jungennamen und einen Mädchennamen gegeben hatte, da sie keine Präferenz bezüglich des Geschlechts hatte. Sie wollte nur die Mutter von Brets Kindern sein.

Anstatt einer Ehe und einer Familie hatte sie Karriere gemacht.

Und die konnte sich sehen lassen. Doch nun war sie drauf und dran, alles zu verlieren. Ihr Leben entwickelte sich nicht so, wie sie es sich vorgestellt hatte. Ebenso wie das unentwegt dahinströmende Wasser des Flusses schritt ihr Leben eilig voran. Während sie noch auf das Wasser blickte, kam ein riesiger Bock mit gigantischen Hörnern auf der anderen Seite des Flusses majestätisch die Schlucht entlanggeschritten. Überwältigt erstarrte Ellie. Er war wunderschön und zu ihrer Überraschung blieb er am Ufer stehen und starrte sie an.

Sie wagte es kaum, einzuatmen, so sehr fürchtete sie, ihn zu erschrecken und damit zu vertreiben. Ihr Herz hämmerte. Sie hätte so gern ein Foto geschossen, wusste aber, dass er bei der geringsten Bewegung zurück in den Wald laufen würde, also saß sie einfach nur da. Das zwischen ihnen dahinrauschende Wasser und der gelegentliche Ruf eines Vogels waren die einzigen Geräusche, während sie einander anstarrten. Tränen stiegen ihr in die Augen, als ihr bewusst wurde, wie kostbar dieser Moment war. Und dann hob er mit einem Mal das Kinn, er wirbelte herum und stürmte mit kraftvollen, anmutigen Sätzen die Böschung hinauf, bevor er über den Kamm verschwand.

Langsam atmete sie aus, ihr Atem zitterte. Sie blinzelte die Tränen fort, wohlwissend, dass dies ein Moment war, den sie nie vergessen würde. Sie verstand diesen Moment als eine traurige Erinnerung daran, dass Gott einem kostbare Momente im Leben schenkt, von denen man jedoch besser keinen als selbstverständliche betrachtete.

Hatte sie vor all den Jahren sie beide zu früh aufgegeben? Hatte sie zerstört, was zwischen ihnen war, weil sie ungeduldig gewesen war? Oder eifersüchtig? Oder einfach nur zu jung, um zu wissen, wie man für das kämpfte, was man wollte?

Falls sie auch nur eine kleine unbewusste Hoffnung auf eine Versöhnung mit Bret gehegt hatte, dann war diese verschwunden, und sie wusste es. Nichts dergleichen würde jemals geschehen. Sie blinzelte heftig gegen den plötzlich übermächtigen Drang zu weinen an. Sie konnte genauso gut ihre Koffer packen und heute noch aufbrechen.

Doch wohin sollte sie gehen?

Zurück nach Houston, um sich nach einem anderen

Job umzusehen? Das konnte sie hier ebenfalls tun.

Je länger sie hierblieb, desto länger hatte sie einen Job. Und umso länger hatte sie Zeit, die Situation noch zu retten. Ihr Chef würde denken, dass sie Fortschritte machte. Und wer wusste schon, was geschah? Während des Wochenendes konnte auf dem Event ein Wunder geschehen. Ihre Mutter brauchte Hilfe bei den Blumen, die sie arrangieren würde, und hatte sie um ihre Mitarbeit gebeten.

Sie kam sich etwas unaufrichtig vor, beschloss aber, sich noch ein paar Tage zu geben.

KAPITEL DREI

Als Ellie zurück in die Stadt fuhr, war sie bereits viel ruhiger. Sie hatte ihre Gedanken in Ordnung gebracht. Sie würde die Woche über hierbleiben und ihrer Mutter mit den Blumen helfen, dabei würde sie Bret womöglich ein paar Mal begegnen. Wenn ihr der Zeitpunkt geeignet erschien, würde sie ihn erneut um ein Interview bitten. Sie wäre beruflich heute nicht da, wo sie sich aktuell befand, wenn sie nicht über ein gewisses Maß an Beharrlichkeit verfügen würde. Und das bedeutete – so sehr ihr das auch gegen den Strich gehen mochte – dass sie ihn noch einmal fragen musste.

Sie parkte vor dem kleinen Blumenladen ihrer Mutter, Seton Designs. Sie hatte den Blumenladen eröffnet, als Ellie in der Junior High School gewesen war, und Ellie war inmitten bezaubernder Blüten und

Blumengestecke aufgewachsen. Ellie hatte während der High School Zeit für ihre Mutter gearbeitet, und es war schnell offensichtlich gewesen, dass sie ein Naturtalent im Gestalten von Blumenarrangements war.

Nachdem Bret ihr das Herz gebrochen hatte, hatte sie aus True Love fortgemusst. Bevor sie sich in ihn verliebt hatte, hatte sie schreiben wollen und eine Karriere als Journalistin angestrebt. Stattdessen hatte sie für ihre Mutter gearbeitet und das College aufgeschoben. Und so hatte sie sich mit gebrochenem Herzen ihrem alten Traum zugewandt.

Ihre Mutter hatte ohne sie weitergemacht, ihr Geschäft ausgebaut und sich der floralen Bedürfnisse der Gegend angenommen.

Levi Tanners Frau Rita, die vor Kurzem ein Foto- und Hochzeitsgeschäft in Fredericksburg eröffnet hatte, hatte ein paar von Bettys Kreationen gesehen und sich in deren Gestecke verliebt und sie gefragt, ob sie anlässlich der Wohltätigkeitsveranstaltung mit ihr zusammenarbeiten wolle. Sie würde Trockenblumen aus dem Westen und blühende texanische Wildblumen miteinander kombinieren, was das Spezialgebiet ihrer

Mutter war. Ellie selbst war ziemlich geübt darin, alle nur denkbaren Blumen um typisch texanische Symbole zu arrangieren: Stiefel, Rinderhörner, Lassos und Sporen – alle möglichen Dinge, die nach authentischem Texas schrien. In diesem Teil des Landes kam so etwas nie aus der Mode, doch ein Hauch Kreativität war gern gesehen, der daraus etwas Neues, Frisches schuf. Ihre Mutter hatte ein Talent dafür.

Ellie stieg aus dem Auto und trat auf den Bürgersteig. Durch das Schaufenster sah sie ihre Mutter auf halber Höhe auf einer Leiter stehen, die sich über eine Schiene verschieben ließ und ihr Zugang zu den hohen Regalen verschaffte, in denen sie einige ihrer Vasen und Körbe aufbewahrte. Ellie war stets ins Sorge, wenn ihre Mutter auf diese Leiter kletterte. Die Türklingel läutete, als sie eintrat.

„Oh, gut, Ellie. Du kommst gerade rechtzeitig." Ihre Mutter hielt einen riesigen Weidenkorb in den Armen und lächelte zu ihr herunter. „Ich werde Blumen in diesem Korb arrangieren. Kannst du ihn mir abnehmen?" Sie beugte sich hinunter und streckte den Korb in ihre Richtung.

Ellie eilte vorwärts. „Mom, ich denke, du solltest all das Zeug ein bisschen weiter unten verstauen. Ich mache mir ständig Sorgen, dass du von diesem Ding fällst. Habe ich mir schon immer gemacht."

Betty lachte. „Ich bin erst einmal gefallen. Und das hat nicht einmal wehgetan." Als würde das Schicksal sie verhöhnen, rutschte der Fuß ihrer Mutter von der dritten Sprosse, als sie ihr Gewicht darauf verlagerte. Im einen Moment hatte sie Ellie noch den Korb gereicht, im nächsten fiel sie rückwärts nach unten.

Ellie ließ den Korb fallen und griff nach ihrer Mutter, sie erwischte sie an der Schulter, kurz bevor ihre Mutter auf dem Boden landete. Das half nicht viel, aber es verhinderte, dass der Kopf ihrer Mutter auf den Boden knallte.

Sie schrie vor Schmerz, als sie aufkam.

Ellie ließ sich neben ihr auf den Boden fallen. „Mom, bleib liegen. Nicht bewegen. Ich rufe jemanden zu Hilfe."

Ihre Mutter starrte sie an, der Schmerz stand ihr ins Gesicht geschrieben. „Danke, dass du mich an der Schulter gepackt hast. So habe ich mir Gott sei Dank nicht auch noch den Kopf gestoßen. Ich nehme an, ich hätte nichts darüber sagen sollen, nie von der Leiter zu fallen. Da habe ich es nun." Sie knurrte die Worte, ihr Gesicht zu einer Grimasse verzogen.

„Wo tut es weh?"

„Oh, an der Hüfte und am Knöchel."

Ellie blickte hinter sich und stellte fest, dass der Fuß ihrer Mutter noch immer hinter der ersten Sprosse steckte, wohin er beim Sturz wohl irgendwie gerutscht war. „Beweg dich nicht. Der Knöchel kann verstaucht oder gebrochen sein. Lass mich Hilfe holen. Bleib ganz ruhig, lehn dich ein Stück zurück – leg deinen Kopf hier hin. Alles wird gut. Deine Hüfte macht mir etwas Sorgen."

Sie sprang auf, riss ihr Telefon aus der Handtasche und wollte wählen… wen musste sie anrufen? Ihre Gedanken waren in Aufruhr. Ohne zu zögern, wählte sie Brets Nummer, nachdem ihr Gehirn seinen Namen vorgeschlagen hatte.

Bret ging ans Telefon. „Hallo, Ellie? Hast du vergessen, mir irgendetwas zu sagen?" Seine Stimme klang nicht so, als freute er sich, von ihr hören, doch das war ihr im Moment egal.

„Bret, ist Austin da? Hat er heute frei? Oder arbeitet er?"

„Er hat sich ein paar Tage freigenommen, um bei dem Event zu helfen."

„Meine Mutter ist im Blumenladen gestürzt. Ich wusste nicht, ob ich die 911 anrufen soll und dachte, wenn er auf der Ranch ist, wäre er schneller hier."

„Ist sie ansprechbar?"

„Ja, aber sie ist hart auf den Boden aufgeschlagen, und ihre Hüfte und der Knöchel sind verletzt. Ich konnte ihre Schulter packen und verhindern, dass ihr Kopf auf den Boden prallt, aber sie hat Schmerzen. Ich weiß nicht… ich wusste nicht…"

„Wir sind auf dem Weg. Ich rufe dich noch mal an, sobald wir losfahren. Austin wird dir sagen, ob du die 911 anrufen sollst oder nicht."

„Danke." Sie legte auf. Ihr Herz hämmerte und sie fühlte sich so unsicher, wie schon lange nicht mehr. Ihr ging auf, dass sie es noch nie mit einem Notfall wie diesem zu tun gehabt hatte. Ihr Herz klopfte wie verrückt und sie fühlte sich schwach. Ihr war ein wenig schwindlig, sie fürchtete, dass sie zu hyperventilieren begänne, wenn es ihr nicht gelang, sich zusammenzureißen. Hier ging es um ihre Mutter. Ihre Mutter war verletzt. Und es hätte noch schlimmer kommen können. Sie eilte zum Sitzbereich hinüber und schnappte sich ein Kissen.

„Das werde ich dir unter den Kopf schieben." Sanft bugsierte sie das Kissen an die richtige Stelle. „Entspann dich und versuch, dich nicht zu bewegen. Austin ist auf dem Weg und er wird wissen, wie er dich wieder in Ordnung bringen kann. Ich dachte, er wäre schneller hier als ein Krankenwagen."

„Das stimmt. Ich glaube nicht, dass wir einen Krankenwagen brauchen. Austin wird wissen, was zu tun ist. Er ist ein wunderbarer Arzt. Ich habe gehört, dass er in Notsituationen großartig ist. Ich denke, das ist es, was er von Allem am liebsten tut… in der Notaufnahme arbeiten." Sie bewegte sich und schnappte nach Luft.

„Immer mit der Ruhe." Ellie tätschelte den Arm ihrer Mutter und betete, dass Bret und Austin bald eintreffen würden. Sie versuchte, nicht in Panik zu geraten, aber hier ging es um ihre Mutter und Ellie hasste den Anblick des tapferen Gesichtsausdrucks ihrer Mutter, während sie doch deutlich erkennen konnte, dass diese Schmerzen litt.

* * *

„Ich wusste nicht einmal, dass Ellie in der Stadt ist", sagte Austin, nachdem Bret ihn dort abgeholt hatte, wo er beim Aufbau des Gerüst geholfen hatte, aus dem später das Sonnensegel entstehen würde, um das Rita als Fotohintergrund für die Gäste der Veranstaltung gebeten hatte.

„Das habe ich auch erst gestern Abend herausgefunden. Sie kam zu Mannys. Es war das erste Mal seit Jahren, dass ich mit ihr gesprochen habe. Ich hoffe, Betty geht es gut."

„Ich auch, also bring mich schnell dort hin. Ich hasse den Gedanken, dass ihre Mutter verletzt auf dem Boden liegt. Ich werde sie anrufen, während du fährst, um die Situation einschätzen zu können."

Bret ließ den Motor seines Trucks an und steuerte

den Wagen von der Auffahrt der Ranch auf die geteerte Straße, die in Richtung Stadt führte. Das Hill Country war nicht der ideale Ort, wenn man schnell von A nach B kommen wollte, aber er war hier aufgewachsen und kannte jede Kurve. Er wusste, wo er bremsen musste und wo er ruhig etwas Gas geben konnte und konzentrierte sich darauf, während Austin Ellie zurückrief und ihr Fragen über den Zustand ihrer Mutter stellte. Ellies Mutter Betty tat ihm leid. Er hoffte, dass sie sich nicht allzu stark verletzt hatte. Ellie hatte aufgewühlt geklungen, aber zumindest schien sie sich nur die Hüfte oder den Knöchel angeschlagen zu haben und nicht den Kopf. Zum Glück war sie zugegen gewesen und hatte den Sturz ihrer Mutter etwas abfangen können.

Ein Teil von ihm wollte zu Ellie, um zu sehen, ob er sie mit irgendetwas trösten konnte. Er schalt sich selbst einen Narren wegen dieser Gefühle. Ihre gemeinsame Vergangenheit war verworren, kompliziert und verzwickt. Sein Herz war heillos verheddert, wie eine Kuh, die in einem Stacheldrahtzaun feststeckte, weil er, was Ellie betraf, so viele verschiedene

Emotionen durchlebt hatte. Und doch trat er das Gaspedal bis auf den Boden des Trucks durch, als sie die Gerade erreichten, die in die Stadt führte. Die Dringlichkeit, mit der es ihn zu ihr zog, um Ellie und ihrer Mutter zu helfen, ließ sich nicht bestreiten.

Sie hatten die Stadt schon fast erreicht, als Austin das Gespräch mit Ellie beendete. „Wir haben es mit einer Hüft- und Knöchelverletzung zu tun. Ich hoffe, dass die Hüfte nur geprellt und nicht gebrochen ist. Der Knöchel könnte böse verstaucht sein. Ich werde einen Krankenwagen anfordern."

Bret betete für eine geprellte Hüfte, während er Austin dabei zuhörte, wie dieser einen Krankenwagen rief. Sie erreichten True Love und Bret parkte den Truck vor dem Blumenladen neben Ellies Wagen. Beide rannten im Laufschritt in das Geschäft.

Ellie saß neben Betty auf dem Boden, sie hielt ihre Hand und sah blass und verzweifelt aus. Ihre Mutter litt eindeutig Schmerzen, schenkte ihnen aber ein gutherziges Lächeln, als sie sich neben sie hockten.

„Hallo, Jungs. Danke, dass ihr gekommen seid. Ich war tollpatschig und habe mein Mädchen zu Tode erschreckt.“

Austin legte Ellie tröstend eine Hand auf die Schulter. „Ihr habt es beinahe geschafft. Haltet noch ein bisschen durch. Ein Krankenwagen ist unterwegs, aber bis er da ist, schaue ich es mir schon mal an.“

Bret kniete sich auf Betty andere Seite und fühlte sich fehl am Platz. „Sie werden wieder gesund, Ms. Seton. Sie sind hart im Nehmen.“ Bret lächelte sie aufmunternd an, bevor er seinen Blick zu Ellie schweifen ließ. Beim Gedanken an ihr morgendliches Treffen vor nur einer Stunde, machten sich Schuldgefühle in seinem Magen breit. Mit einem Mal schien ihm ihr Aufeinandertreffen eine halbe Ewigkeit her zu sein.

Austin begann mit der Untersuchung und ließ seine Hände über ihre Hüfte und den Knöchel gleiten. Er berührte ihre Hüfte, das Bein und den Knöchel, stellte Fragen und verschaffte sich einen Überblick über das, womit sie es zu tun hatten.

Bret konnte sehen, dass Ellie in Sorge war und als Austin die Hüfte ihrer Mutter berührte und diese heftig zusammenzuckte und stöhnte, zuckte auch Ellie zusammen. Er fühlte mit den beiden.

„Zunächst schien sie nicht so starke Schmerzen zu haben, es scheint, als würde es schlimmer werden", sagte Ellie zu Austin.

„Wir werden sie röntgen müssen. Es könnte sich um eine massive Prellung handeln und keinen Bruch, das muss überprüft werden. Was den Knöchel betrifft, bin ich mir ziemlich sicher, dass er verstaucht ist. Der Krankenwagen sollte jede Minute hier sein. Ich weiß, dass Sie Schmerzen haben, aber sobald sie hier sind, werden wir uns darum kümmern. Sie schaffen das. Haben sie nach den Körben und Vasen da oben gegriffen?"

„Ich mache das schon seit Jahren." Betty seufzte.

„Und ich mache mir seit Jahren Sorgen deswegen", fügte Ellie hinzu.

„Nun, ich würde sagen, Sie haben jahrelang Glück gehabt. Vielleicht kann Ellie die Dinge ein wenig anders anordnen, damit Sie diese Regale nicht mehr benötigen."

„Ich kann ihr helfen", bot Bret ohne zu zögern an und ergriff damit die Gelegenheit, dieser Dame zu helfen, die eine der besten Freundinnen seiner Mutter war und immer nett zu ihm gewesen war. Außerdem wollte er zumindest versuchen, wieder gut zu machen, dass er zuvor so grob zu Ellie gewesen war.

„Ich schaffe das schon", meinte Ellie, ohne ihn anzusehen.

Betty stöhnte vor Schmerz, schloss die Augen und nickte. Es war nicht zu übersehen, wie stark ihre Schmerzen waren.

Elli tätschelte ihre Hand und er wollte seine Hand auf ihre Schulter legen und sie stützen, tat es aber nicht.

Sie hörten den Krankenwagen näherkommen; mit heulenden Sirenen bog er um die Ecke und raste die Hauptstraße von True Love entlang. Zwei Sekunden später parkte er draußen, die Lichter zuckten noch immer, die Sirene war verstummt. Die Sanitäter sprangen heraus, kamen herein und übernahmen die Situation. Sie traten beiseite und ließen das medizinische Team ihre Arbeit tun.

Er verschränkte die Arme vor der Brust und Ellie schlang ihre Arme um sich, während sie zusah.

„Sie kommt wieder ganz in Ordnung. Du weißt,

dass sie sich gut um deine Mutter kümmern werden.“

„Danke, dass ihr gekommen seid. Ich wusste nicht, was ich sonst tun sollte. Ich wusste nicht, ob ich den Notruf wählen soll und dann fiel mir ein, dass Austin vielleicht da ist, also rief ich dich an.“

„Er hat merkwürdige Arbeitszeiten und für die Notaufnahme steht er oft auf Abruf und außerdem arbeitet er sehr viel. Du hattest Glück.“

Sie sah ihn an, hielt den Blickkontakt für einen Moment aufrecht. Dann nickte sie und ihr Blick schoss zurück zu ihrer Mutter, als diese auf eine Trage gehoben wurde.

Er wusste, dass sie zu ihr gehen wollte, dort aber nur im Weg sein würde, daher legte er ihr gegen besseres Wissen eine Hand auf die Schulter, die ihm am nächsten war. Er legte nicht seinen Arm um sie; er berührte nur die Schulter in seiner Nähe. Was sich irgendwie merkwürdig anfühlte. „Alles wird gut.“

Sie sah ihn an. „Danke. Danke fürs Kommen.“

Sie schoben ihre Mutter an ihnen vorbei auf den Bürgersteig und dann auf die Straße, anschließend hoben sie die Bahre in den Krankenwagen.

„Fahren Sie mit ihr?", fragte einer der Sanitäter.

Sie blickte Austin an und dann wieder zu ihnen. „Kann Austin mitfahren?"

Austin rieb ihren Arm. „Warum fährst du nicht mit ihr, und ich sage Bret, dass er euch folgen soll. Wir sind genau hinter euch."

„Okay. Glaubst du denn, dass sie außer Gefahr ist?"

„Ich denke, sie schwebt in keiner unmittelbaren Gefahr mehr."

Sie nickte, hängte das Geschlossen-Schild auf und verriegelte das Geschäft, bevor sie zu ihrer Mutter in den Krankenwagen stieg. Sie nahm ihre Hand, als sich die Tür des Krankenwagens schloss.

Austin sah Bret an. „Kannst du mich fahren? Du siehst auch ziemlich mitgenommen aus."

„Komm, fahren wir. Es ist nur unsere gemeinsame Vergangenheit, du weißt schon. Wir haben uns seit Jahren nicht gesehen, deswegen fühlt sich das alles ganz schön verwirrend an."

Austin klopfte ihm auf den Rücken. „Ja, das sehe ich. Ich habe mich nach eurer Trennung nicht groß eingemischt, weil du das nicht zu wollen schienst, aber es hat mich damals überrascht, dass ihr nicht zusammengeblieben seid. Vielleicht ist das hier eure zweite Chance, vielleicht bekommt ihr die Gelegenheit, euch wieder anzunähern und vorwärtszugehen. Und wenn es nur darum geht, dass ihr euch ein wenig wohler in der Gegenwart des anderen fühlt."

Bret drückte aufs Gas und schloss zu dem Krankenwagen auf. „Soweit es mich betrifft, brauchen wir keine zweite Chance. Ich verdiene mein Geld mit Bullenreiten – ich weiß, wie es sich anfühlt, wenn auf meinem Herz und meinem Körper herumgetrampelt wird. Der Schmerz, den sie meinem Herzen zugefügt hat, als sie Schluss gemacht hat, war schlimmer als jeder Tritt, den mir je ein Bulle verpasst hat. Das wird sich nicht wiederholen."

KAPITEL VIER

Sie hielten sich im Wartebereich der Notaufnahme auf und Ellie empfand eine tiefe Dankbarkeit Austin gegenüber, dafür, dass er ihrer Mutter zu Hilfe geeilt war. Bret gegenüber natürlich auch. Sie stand am Fenster, die Arme fest ineinander verschränkt und wartete darauf, dass er zurückkam, denn er war losgegangen, um für sie beide einen Becher Kaffee zu besorgen. Seit seiner Ankunft war er äußerst freundlich gewesen und hatte zuletzt mit ihr darauf gewartet, dass Austin zurückkam und ihnen mitteilte, wie es um ihre Mutter stand. Sie musste zugeben, dass es schön war, nicht allein warten zu müssen. Und doch war es ziemlich merkwürdig.

„Bitte sehr. Zweimal Milch und einmal Zucker, wie du ihn magst."

Sie drehte sich beim Klang seiner Stimme um und nahm den Styroporbecher mit Kaffee entgegen, den er ihr hinhielt. Sie bemerkte, dass er darauf achtete, eine gute Armlänge Abstand zu ihr einzuhalten. Sie griff nach dem Kaffee und versuchte, das Flattern in ihrer Brust zu ignorieren, als sich ihre Finger berührten. Nichts würde geschehen. Und warum fühlte sie überhaupt irgendetwas? Sie machte sich Sorgen um ihre Mutter. *Wankelmütige Gefühle.*

„Danke. Ich weiß gar nicht, was ich nötiger brauche – das Koffein oder die Energie des Zuckers. Die Kombination aus beidem ist jedenfalls perfekt." Sie hob den Kaffee und atmete den aufsteigenden Dampf und den guten Geruch ein, bevor sie probierend einen Schluck trank. Glücklicherweise war er heiß und süß. Sie freute sich über den Adrenalinstoß, der sie augenblicklich durchfuhr. Sie war ein wenig unsicher auf den Beinen gewesen, so als wäre ihr Blutzucker zu niedrig oder etwas in der Art. Vor zwei Jahren hatte sie ihren Vater verloren, als dieser beim Fällen eines Baumes von einem herabfallenden Ast getroffen worden war, weswegen ihr der Unfall ihrer Mutter besonders zugesetzt hatte.

„Gern geschehen. Du siehst blass aus – vielleicht bringt der Kaffee deine Lebensgeister zurück. Ich kann dir auch etwas zu essen holen." Besorgt sah er sie an. „Und für den Fall, dass du ablehnst, habe ich die hier mitgebracht." Er zog eine Packung Hostess Donuts mit Puderzucker aus seiner Hemdtasche. „Ich weiß, wie sehr du diese Dinger immer gemocht hast. Sie werden deine Energiespeicher wieder auffüllen."

Dass er sich daran erinnerte, wie sehr sie die zuckerhaltigen Donuts liebte, brachte sie zum Lächeln. Sie nahm ihm die Packung ab und setzte sich auf den Stuhl, der sich hinter ihr befand.

Er blieb stehen.

Sie sah zu ihm auf. „Ich teile mit dir." Sie stellte ihren Kaffee in die Getränkehalterung der Stuhllehne und versuchte dann, die Packung mit den Süßigkeiten zu öffnen. Sie ging nicht auf.

Er setzte sich neben sie und nahm ihr sanft die Packung ab. „Lass mich."

Sie bemühte sich darum, zu ignorieren, was es in ihr auslöste, als seine Finger ihre berührten. „Danke."

Er lächelte und riss die Packung auf, bevor er sie ihr zurückgab.

Sie suchte sich einen Donut aus und hielt ihm dann die geöffnete Tüte hin.

„Danke." Er nahm sich einen Donut, steckte sich das gesamte süße Ding auf einmal in den Mund und grinste.

Sie biss von ihrem ab und ließ sich von dessen Süße durchdringen, was ihr einen gewissen Trost spendete. Dann wurde sie wieder nüchtern. „Bret, du hättest sie fallen sehen sollen. Ihr Kopf wäre beinahe auf dem harten Boden aufgeschlagen und wer weiß, wie schlimm es dann ausgegangen wäre. Mir blieb gerade noch Zeit, um nach ihr zu greifen und sie an der Schulter zu packen. Nur das hat sie davor bewahrt, mit Schulter und Kopf auf den Boden zu knallen. Sie ist so schwer gestürzt, dass sie mich mit sich nach vorn gerissen hat und ich nur versuchen konnte, ein wenig dagegen zu halten." Sie kämpfte gegen die Tränen, als sich nun die Gefühle Bahn brachen, die sie unterdrückt hatte, als sie versucht hatte, stark zu sein und darauf gewartet hatte, das Hilfe eintraf.

„Das ist nur zu verständlich. Aber du warst für sie da, daher würde ich sagen, der Herr hat heute auf deine Mutter aufgepasst. Du warst zu Hause und sie ist nicht von so weit oben heruntergefallen, wie es möglich gewesen wäre – das ist für sich genommen schon erstaunlich."

Sie holte tief Luft und nickte. Irgendwie musste es ihr gelingen, die Tränen im Zaum zu halten, daher griff sie erneut nach dem heißen Kaffee und trank einen Schluck. Sie ließ die Hitze des Getränks auf sich wirken und spürte, wie es ihr gelang, sich ein wenig zu sammeln. „Ich war schon lange nicht mehr zu Hause und bin froh, dass ich hier war." Sie biss von ihrem Donut ab und wusste nicht, was sie sagen sollte, jetzt wo die einfachen, offensichtlichen Dinge ausgesprochen waren. Angesichts all ihrer Ängste und Sorgen war sie dankbar, jemanden zu haben, mit dem sie die Situation teilen konnte, aber das ausgerechnet Bret an ihrer Seite war, machte es schwierig. Besonders, dass er nun all die Gefühle und die Angst zu sehen bekam, die von ihr Besitz ergriffen hatten. Nur, wenn sie nicht über ihre Ängste sprechen wollte, worüber dann? Wie sehr sie dieses Interview brauchte – ein Interview, das ihr im

Moment völlig gleichgültig war, weil sie sich solche Sorgen um ihre Mutter machte.

„Kommt deine Mutter klar, wenn ihre Verletzung sie daran hindert, zu arbeiten?"

Ellie ließ den Kopf in den Nacken fallen und schloss die Augen, als ihr Gehirn seine Worte verarbeitete und ihr Magen sich ungut zusammenzog. Ihrer Mutter ging es zumindest für den Moment gesundheitlich nicht gut. Warum hatte sie nicht daran gedacht? „Ich weiß nicht, wie es um die Finanzen meiner Mutter steht oder ob sie jemanden hat, der ihr hilft. Ich glaube, sie arbeitet allein und sucht sich nur saisonal Unterstützung. Ihr Blumengeschäft war nie eine große Gelddruckmaschine, aber sie kann gut von den Einkünften leben, solange sie die meiste Arbeit selbst erledigt. Ich denke, die Zusammenarbeit mit Rita und Tulip war dafür gedacht, ihr Geschäftsfeld auszudehnen." Sie ließ ihre Worte verklingen, während sie über alles nachdachte. „Ich kann helfen. Ich kann während der Veranstaltung für sie einspringen. Als Erstes müssen wir herausfinden, wie schwer sie verletzt ist. Wenn sie sich nur nicht so viel bewegen kann… ich kenne sie – sie wird sich auf einen Stuhl setzen und

Blumenarrangements zusammenstellen. Wenn ihre Hüfte gebrochen ist, sieht das schon anders aus.“

Er nickte mit grimmiger Miene. Dann schüttelte er den Kopf. „Lass uns positiv denken, so wie in deinem ersten Szenario. Ein verstauchter Knöchel und ein bequemer Stuhl und du springst für sie ein. Rita wäre wahrscheinlich in der Lage, jemand anderen zu finden, der sich um die Blumen kümmert, aber wenn du das übernehmen kannst, wäre das ein Gewinn für deine Mutter und ihr Geschäft.“

„Du hast recht...“, sagte sie, gerade als Austin durch die Doppeltür trat. Sie stellte ihren Kaffee auf den Beistelltisch und stand auf, genauso wie Bret, der näher zu ihr trat. Seine Nähe tröstete sie.

Austin fuhr sich mit der Hand durch sein kurzes, dunkles Haar und lächelte herzlich. „Gute Neuigkeiten. Es ist nichts gebrochen. Ihre Hüfte ist arg in Mitleidenschaft gezogen und sie wird ein paar Tage Schmerzen haben, aber es ist nichts gebrochen und das ist die Hauptsache. Sie hat stabile Knochen. Ihr Knöchel ist verstaucht, aber nicht so schlimm, wie es hätte sein können.“

„Gott sei Dank!“ Erleichterung durchfuhr Ellie und

sie lächelte erst Austin an, dann Bret.

Beide Männer grinsten.

„Sie werden sie bald nach Hause gehen lassen. Wir bleiben hier und fahren euch dann zurück. Wie klingt das?"

„Das klingt wunderbar." Sie schlang ihre Arme um Austin. „Danke. Ich danke dir so sehr."

„Es freut mich, dass ich helfen konnte." Austin umarmte sie fest, bevor er sie losließ. „Und dass es nicht so ernst ist, wie es hätte sein können."

Sie nickte, trat einen Schritt zurück und sah Bret an. Ihm warf sie nicht die Arme um den Hals. Die Situation zwischen ihnen war schon merkwürdig genug, sie musste sie nicht noch unangenehmer machen, als sie bereits war. „Danke, dass du ans Telefon gegangen bist und Austin mitgebracht hast. Und danke, dass du mir die letzte Stunde über gut zugeredet hast." Sie war so dankbar, dass er ans Telefon gegangen war.

„Gern geschehen." Sein Blick hielt ihren. „Das entspricht dem besten Szenario, das wir uns ausdenken konnten. Sie ist in der Lage, zu arbeiten, wenn sie will. Du kannst ihr helfen. Hier, iss noch einen Donut." Er hob die vergessene Packung hoch und hielt sie ihr hin.

Sie hatte ihren Blick nicht von ihm abwenden können und lachte nun erleichtert darüber, dass ihre Mutter nicht schlimmer verletzt war und dass er sich so sehr darum bemühte, ihr zu helfen. „Danke für alles." Sie nahm sich einen Donut aus der großen Tüte.

Auch Bret nahm sich noch einen und hielt Austin einen anderen hin.

Austin grinste, nahm den Donut und hielt ihn empor. „Auf die gute Prognose."

Sie lächelte glücklich und ließ nicht zu, dass ihre Verwirrung in Bezug auf Bret ihre Freude darüber ruinierte, dass es ihrer Mutter besser ging als gedacht. Sie streckte ihren Donut empor und Bret tat es ihr gleich. Lächelnd stießen sie sie aneinander, bevor sie in die köstlichen Süßigkeiten bissen.

* * *

Nachdem ihre Mutter entlassen worden war und sie endlich zu Hause angekommen waren, konnte Ellie es kaum erwarten, dass Bret sich verabschiedete und zurück zur Ranch fuhr, da sie sich danach sehnte, befreit aufzuatmen und sich in ihrem Zimmer einzuschließen, um dort zu versuchen, einen Sinn in ihre Gefühle zu bringen.

Sie folgte Austin und Bret durch den Flur, durch den Austin ihre Mutter gerade schob. Sie versuchte, nicht darauf zu achten, wie breit Brets Schultern waren, wie schmal seine Hüften und wie muskulös er noch immer war.

„Danke, Jungs, dass ihr mir zu Hilfe geeilt seid", sagte ihre Mutter, während Austin und Bret ihr ins Bett halfen. „Ich glaube, ich habe Ellie mit meinem Sturz einen Herzinfarkt beschert. Es war schön, dass ihr beide so schnell aufgetaucht seid."

„Du hast recht, Mom. Ich habe wirklich beinahe einen Herzinfarkt bekommen, also kein Herumgeklettere auf dieser Leiter mehr. Bret und Austin sind beim nächsten Mal vielleicht nicht in der Nähe."

„Ellie hat recht", sagte Austin. „Sie sollten sich besser von dieser Leiter fernhalten."

Dankbar ging Ellie auf die andere Seite des Bettes hinüber und half, es ihrer Mutter mit Kissen bequem zu machen.

„Das ist richtig, Ms. Betty", stimmte Bret ihnen leise zu. „Sie sind uns allen wichtig."

Ein Kissen, das Ellie ein Stück verschoben hatte, fiel zu Boden; Bret hob es auf und gab es ihr. „Danke", sagte sie und ihr Blick heftete sich auf ihn, während sie das Kissen entgegennahm.

„Jederzeit. Können wir sonst noch etwas tun?" Er ließ das Kissen los und trat zurück. „Ich würde eine Katastrophe anrichten, wenn man mich bäte, Blumen zu arrangieren, aber wenn Sie mich brauchen, um schwere Dinge anzuheben oder zu bewegen oder Arrangements auszuliefern, dann lassen Sie es mich wissen. Ich kann mehr als nur Bullen reiten." Er grinste ihre Mutter an.

Betty lachte fröhlich auf, und Ellie wusste Brets Bemühungen zu schätzen, den Moment aufzuheitern.

„Danke für das Angebot, Bret", sagte ihre Mutter. „Das ist wirklich nett von dir, aber ich werde morgen auf einem gepolsterten Hocker sitzen, das Bein hochgelegt und Gestecke zusammenstellen. Ellie wird mir dabei helfen, sie kann sich um alles kümmern, das ich selbst nicht bewerkstelligen kann." Sie blickte Ellie an und wartete auf ihre Zustimmung. „Weißt du, sie ist einer der talentiertesten Menschen, mit denen ich je zusammengearbeitet habe. Sie hatte einfach größere und ambitioniertere Träume, die es zu verwirklichen galt."

Ellie fühlte sich im Angesicht des überschwänglichen Lobs ihrer Mutter unwohl. „Mom, du kannst dich auf mich verlassen. Ich werde morgen nicht von deiner Seite weichen und wir werden uns gemeinsam um die Blumen für die Veranstaltung kümmern. Ich werde alles erledigen, bei dem du meine Hilfe brauchst." Sie blickte erst Bret und dann Austin an. „Wie ihr seht, Jungs, braucht ihr euch keine Sorgen zu machen. Die Blumen für das Event werden rechtzeitig fertig sein. Ich werde vorbeikommen und mich darum kümmern, dass alles dort ist, wo es benötigt wird. Ihr werdet mich in den nächsten Tagen häufiger zu Gesicht bekommen, als ich ursprünglich erwartet hatte."

Bret war äußerst hilfsbereit gewesen, aber sie wusste nicht recht, wie er ihre letzte Äußerung aufnehmen würde. Sie hoffte, dass er nicht zu der Feindseligkeit, die er ihr gegenüber zuvor an den Tag gelegt hatte, zurückkehren würde. Im Augenblick konnte sie auf zusätzlichen Druck gut und gern verzichten. Sie wollte nur, dass es ihrer Mutter besser ging.

Austin warf ihr einen aufmunternden Blick zu. „Wir freuen uns darauf, dich zu sehen, und werden tun, was immer wir können, um dir behilflich zu sein. Bret und ich machen uns dann jetzt besser wieder auf den Weg und kümmern uns um unsere Aufgaben. Wenn Ihnen etwas wehtut, oder ihr etwas benötigt, dann ruft uns einfach an." Er tippte sich an den Hut und dann gingen sie durch die Tür hinaus. „Ach übrigens, dein Auto ist nicht hier. Wenn du mir deinen Schlüssel gibst, dann bringen wir es her, damit ihr eine Transportmöglichkeit habt."

„Oh danke. Das hatte ich ganz vergessen." Sie ging hinein, schnappte sich ihre Schlüssel und brachte sie ihm nach draußen.

Er grinste. „Ich werde dich nicht lange aufhalten, wenn ich den Wagen bringe. Du musst nur kurz rauskommen und die Schlüssel entgegennehmen. Pass auf dich auf. Und denk dran, anzurufen, wenn ihr irgendetwas braucht."

Ellie starrte ihnen nach, als die beiden sich entfernten. Dies war ohne jeden Zweifel ein merkwürdiger Tag gewesen, besonders wenn man bedachte, dass er so rau begonnen hatte und nun sollte sie sich melden, wenn sie etwas brauchte. Sie seufzte. Dann lächelte sie ihre Mutter an, die Hände in die Hüften gestemmt. „Ich schätze, wir rufen sie an, wenn wir etwas brauchen."

Das Lächeln ihrer Mutter verblasste. „Da habe ich ein schönes Chaos angerichtet, nicht wahr? Ich weiß um all die Spannungen zwischen dir und Bret. Du hast dich gut gehalten und er und Austin waren so nett zu mir."

„Ja, das waren sie wirklich. Mach dir um mich keine Sorgen. Ich bin schon ein großes Mädchen und alles, was mich im Moment interessiert, ist, dir zu helfen. Und Bret hat unter Beweis gestellt, dass er sich auch um dich sorgt. Es wird also alles gut werden. Vielleicht hilft uns das sogar, besser miteinander auszukommen." Sie machte es sich auf dem Bett neben ihrer Mutter bequem. „Mom, ich werde tun, was immer du brauchst. Mach dir deswegen bitte keine Sorgen. Wir werden gemeinsam sicherstellen, dass du nur begeisterte Bewertungen für die Gestecke erhältst und diese die neuen Aufträge generieren, die du dir erhofft hast. Ich dachte, du würdest dich in deinem Alter ein bisschen zurücklehnen wollen und hier bist du nun und versuchst, dein Unternehmen auszubauen."

„Das ist es ja gerade! Ich bin noch nicht bereit, ruhiger zu treten und dieses Angebot, mit Rita und Tulip zusammenzuarbeiten, reizt mich." Aufregung tanzte in den Augen ihrer Mutter.

Ellie lächelte. „Das sehe ich. Mom, ich unterstütze dich bei allem, was du dir vornimmst. Niemand schreibt dir vor, wann du langsamer machen sollst… außer im Moment vielleicht dein Knöchel. Aber offensichtlich lässt du dich davon nicht ausbremsen."

„Ich werde ausnutzen, dass du hier bist und mir aus der Klemme helfen kannst, in die ich mich selbst manövriert habe. Ich werde draußen auf der Ranch deine Augen und deinen Input brauchen. Und Hilfe beim Zusammenstellen der Gestecke."

„Sicher, was immer du brauchst." Sie bemühte sich darum, den optimistischen Gesichtsausdruck aufrechtzuerhalten, doch das fiel ihr schwer, als ihr so richtig klar wurde, dass sie eine Menge Zeit auf der Ranch verbringen würde.

Würde sie viel mit Bret zusammen sein?

Konnte sie die Zeit dazu nutzen, um ihn davon zu überzeugen, ihr das Interview zu geben? Schon der bloße Gedanke kam ihr abwegig vor, innerlich hatte sie sich bereits damit abgefunden, dass es das Interview nicht geben würde. Und wenn man bedachte, dass er an diesem Tag ihrer Mutter geholfen hatte, konnte sie seinem Wunsch doch nachkommen. Oder?

„Du wirst wahrscheinlich die Modelle zur Ranch bringen müssen, um zu überprüfen, ob sie die richtige Größe für die Bereiche haben, die Rita für die verschiedenen Fotospots herrichtet. Ich bin mir sicher, Bret oder Austin oder jemand anders wird dir beim Aufhängen helfen."

„Klar. Ich werde tun, was immer du brauchst." Das würde sie… und vielleicht würde es sich Bret noch einmal überlegen und ihr doch noch ein Interview gewähren.

KAPITEL FÜNF

Es war ein wunderschöner Septembermorgen und Bret wurde nicht mehr von so starken Schmerzen geplagt wie zuvor. Für gewöhnlich dauerte es mehrere Tage, bis sich sein Körper, insbesondere seine Schulter, wieder erholt hatte. Wegen der Verletzung, die er sich zu Beginn des Jahres zugezogen hatte, brauchten Heilungsprozesse aktuell länger als sonst. Er hatte sich nicht genug Zeit genommen und die Verletzung vollständig auskuriert. Er hoffte, dass die bevorstehenden Tage hilfreich wären.

Er lud Holz von seinem Truck, das für einen Pavillon benötigt wurde, den sie in den Gärten errichteten und der als Kulisse für eine Hochzeitsszene dienen sollte, damit Gäste, die sich für Ritas Dienste interessierten, Fotos davor machen konnten und eine

Vorstellung davon bekamen, wie eine Hochzeit aussehen würde, die von Rita, Tulip und Betty ausgestattet wurde. Sie hatten eine idyllische Stelle in der Nähe des Flusses für diesen Zweck ausgewählt, die den Fluss im Hintergrund malerisch mit ins Bild einbezog.

Cole baute all die Dinge, die seine Frau in Auftrag gegeben hatte und Bret und seine Brüder halfen ihm dabei. Ihre Arbeit kam nicht nur der neuen Kinderabteilung des Krankenhauses zugute, sondern würde auch der Bekanntheit dieser kleinen Unternehmen dienen, daher taten sie, was in ihrer Macht stand, um zu helfen.

Cole, der gerne baute, hatte den Auftrag erhalten, dafür zu sorgen, dass der Pavillon mit dem schicken Torbogen perfekt wurde, genauso wie die anderen Projekte, die Rita erbeten hatte. Seine Leute waren überall an der Arbeit und soweit Bret das beurteilen konnte, schienen die Dinge gut voranzukommen.

Auch wenn er nicht so gern werkelte wie Cole, konnte auch Bret mit einem Hammer umgehen, er war in der Lage, jeden Zaun, Stall oder neues Viehgehege zu bauen, die auf einer Ranch benötigt wurden. Ihr Vater hatte ihnen die Rancharbeit beigebracht und eines Tages würde Bret das Bullenreiten aufgeben und Vollzeit-Rancher werden müssen. Darüber dachte er nach, während er die Bretter von seinem Truck holte und sie übereinanderstapelte. Levi hatte den Vorschlag in den Raum gestellt, er könne die neue Ranch in Montana führen. Das Programm mit den wilden Mustangs reizte ihn, aber sein Herz gehörte ganz dem Texas Hill Country. Einen Teil dieser Ranch trug er auf all seinen Reisen durch das ganze Land, bei all seinen Wettkämpfen, bei sich, wohin er auch ging. Er hatte sich schon immer vorgestellt, dass er sich in dieser Gegend niederlassen würde.

Die Montana Ranch war wunderschön und gewährte Ausblicke über das weite Land. Rita hatte umwerfende Fotos vom Gelände angefertigt, als sie, Levi und ihr Sohn Toby dort gewesen waren. Im Grunde war das Problem, dass er noch nicht bereit war, das Bullenreiten aufzugeben. Er war auf der Höhe seiner Karriere; wenn nur seine Schulter noch etwas durchhielt und wieder komplett ausheilte.

Er legte ein Brett auf den entstandenen Stoß und ging dann zu dem arbeitenden Cole hinüber. „Das sieht toll aus. Wo hast du diese alten Türen bekommen? Die werden einfach offenstehen und man kann durch sie hindurchgehen?"

„Die sind aus der alten Scheune drüben auf der Südweide."

„Die, die halb verfallen ist?"

„Genau die."

„Wahrscheinlich hätten wir sie wiederaufbauen sollen."

„Da hast du recht. Inzwischen ist sie allerdings zu verfallen, um noch etwas daraus zu machen, aber diese alten Türen konnte ich retten. Als ich sie Tulip und Rita gezeigt habe, sind sie quasi durchgedreht." Er grinste Levi an, während sein Bruder näherkam. „Sind unsere Frauen nicht ganz verrückt nach diesen Türen?"

„Ich hätte nie gedacht, dass zwei alte Türen diese Art Reaktion bei einer Frau hervorrufen können, geschweige denn bei zweien. Da sieht man mal, wie viel Ahnung ich haben. Frauen bleiben ein Rätsel für mich."

Gemeinsam lachten sie darüber. Bret stimmte

seinen Brüdern zu und seine Gedanken wanderten augenblicklich zu Ellie.

„Weiß einer, wie es Ms. Betty geht?", fragte Levi. „Ich muss gleich zum Haus zurück und Toby abholen, wenn er von seinem Mittagsschlaf aufwacht. Ich fahre mit ihm nach Fredericksburg und kaufe ihm Klamotten für die Wohltätigkeitsveranstaltung. Das Kind liebt Western-Sachen und da Rita einen Haufen zu tun hat, habe ich angeboten, das zu übernehmen. Ich dachte, ich schaue mit dem Kleinen mal bei ihr vorbei. Sie ist eine nette Frau und verehrt ihn. Ich dachte, es könnte sie aufmuntern."

„Das ist eine großartige Idee", meinte Cole. „Tulip hat mit Ellie gesprochen, die ihr erklärt hat, dass ihre Mutter zwar ein fröhliches Gesicht aufsetzt, eigentlich aber Schmerzen hat. Ein Besuch von Toby wird ihr sicher guttun."

„Dann schauen wir auf jeden Fall bei ihr vorbei. Dieser kleine Junge kann jedem den Tag versüßen."

Levis Liebe war offensichtlich, was Bret zu einem Grinsen veranlasste. „Ich finde, du bist ein guter Daddy."

„Ich finde es großartig und kann es kaum erwarten, mit Rita ein Kind zu bekommen. Ich hoffe, ich kann Toby adoptieren, aber es ist etwas schwierig, weil sein Vater tot ist. Vielleicht werde ich es nicht tun können, am Ende wird es davon abhängen, was er möchte. Aber ich liebe ihn, als wäre er mein eigenes Kind. Bret, du verpasst etwas. Ehe und Familie sind das Beste, was mir je passiert ist. Irgendwann bist auch du an der Reihe."

Cole lachte. „Du, Austin und Jake verpasst etwas." Er deutete mit seinem Hammer auf Bret. „Wie war es, Ellie wiederzusehen?"

Bret runzelte die Stirn. „Es war merkwürdig. Aber als sich ihre Mutter verletzt hat und Austin und ich ihnen halfen – nun, das hat dem Ganzen eine weitere Dimension hinzugefügt. Austin hat ihr großartig geholfen und bestimmt hat er heute Morgen angerufen, um zu fragen, wie es ihr geht. Wir können ihn fragen, wenn er kommt."

Cole schüttelte den Kopf. „Es gab einen Notfall, er wird nicht kommen. Zu viele Notfälle."

„Aber er sollte doch frei haben."

Cole zog eine Schulter hoch. „Der Zustand eines seiner Patienten, den er vor ein paar Nächten in die

Notaufnahme gebracht hat, hat sich verschlechtert und er ist hingefahren, um nach dem älteren Mann zu sehen."

Bret bewunderte seinen Bruder. Er war voller Energie; die Leidenschaft, die er dafür aufbrachte, Leben zu retten und sich um Menschen zu kümmern, hielt ihn beständig auf Achse. Bret fragte sich manchmal, wie er selbst sich dabei anstellen würde. „Eines Tages, wenn Austin beschließt zu heiraten, wird sich seine Frau an seine ungewöhnlichen Zeitpläne gewöhnen müssen."

Levi schüttelte den Kopf. „Genau wie bei dir."

„Stimmt. Ich schätze, wenn man etwas tut, das man liebt, dann merkt man gar nicht richtig, wie fordernd es ist. Jake sollte als nächstes heiraten. Ich glaube, Austin und ich sind noch nicht bereit."

„Er vielleicht auch nicht." Cole wies mit einer Kopfbewegung in die Richtung des runden Pferchs nahe der Scheunen, wo Jake gerade ein Pferd trainierte. „Unser Bruder steckt seine ganze Energie in das Unterfangen, seine Ranch aufzubauen."

„Dann schätze ich, wir werden uns überraschen lassen müssen, wer der nächste Tanner-Bruder ist, der

der Liebe zum Opfer fällt." Bret griff nach einem Brett, für ihn war das Gespräch beendet. Seine Gedanken waren zu Ellie gesprungen und dem, was hätte sein können. Und daran wollte er nicht länger denken. Doch seit sie aufgetaucht war, schien sie immer in seinen Gedanken präsent zu sein, egal wie sehr er auch versuchte, sie daraus zu verbannen.

Das brauchten seine Brüder jedoch nicht zu wissen. Nachdem er die restlichen Bretter abgeladen hatte, fuhr er den Truck zum Parkplatz, damit er nicht im Weg war. Er stieg gerade aus dem Auto, als Ellie vorfuhr und ihren Wagen zum Stehen brachte. Er ließ den Kopf hängen. Das war Folter. Doch er konnte sich im Moment nicht verstecken. Mit so schweren Schritten als hätte man seine Stiefel mit Beton beschwert, näherte er sich ihr.

* * *

„Kann ich dir beim Tragen helfen?"

Ellie zog das riesige Arrangement von der Ladefläche des Lieferwagens des Blumengeschäfts. Sie hatte gehofft, ihm nicht zu begegnen, aber natürlich war er bei ihrem Glück gleich der Erste, der ihr über den Weg lief. Auch wenn es ihr helfen mochte, an das unselige Interview zu kommen, wenn sie Zeit mit ihm verbrachte, so wollte sie das doch tendenziell eher vermeiden. Sie konnte nicht beides haben, das wusste sie.

„Danke, das wäre nett. Was du über meine Mutter wissen solltest: sie stellt bisweilen Blumenarrangements von der Größe Texas zusammen. Und dieser gigantische Rinderkopf inmitten all der getrockneten Blumen ist ziemlich schwer.“

Er nickte und betrachtete das Gebilde skeptisch. „Ich muss zugeben, ich hätte nicht gedacht, dass ich jemals den Kopf einer Kuh inmitten getrockneter Blumen sehen würde.“

„Nun, glaube mir, wenn es erstmal über dem Eingang hängt, der speziell dafür gebaut wird und durch den die Leute zum Pavillon gehen können, dann wird er dort wunderschön aussehen. Du und ein paar der anderen müsst mir helfen, es über die Tür zu halten, dorthin, wo es später aufgehängt wird, damit ich es fotografieren und anschließend zu meiner Mutter zurückbringen kann, damit sie weiß, wie viele echte Blumen sie verwenden muss, damit es später großartig aussieht. Sie und Rita werden hier eine perfekte Kulisse für zukünftige Projekte haben. Und gleichzeitig wird der Ort dazu beitragen, dass alles für die Wohltätigkeitsorganisation besonders hübsch ist."

„Ja, sie schuften sehr, die halbe Stadt arbeitet hier. Überall sind Leute. Cole arbeitet an den Türen, nach denen du suchst. Er hat sie einer echten alten Scheune entnommen, die hier draußen herumsteht und langsam zerfällt."

„Das klingt super. Meine Mom hat mir beschrieben, wie sie ihrer Meinung nach aussehen werden, aber sie hat sie nicht selber gesehen, und ich auch nicht."

„Nun, dann komm, ich bringe dich hin."

Sie gingen nebeneinander über die Weide, und als sie die Türen sah, breitete sich ein breites Lächeln auf ihrem Gesicht aus. „Wow, sie sind perfekt, so alt. Und wenn wir erst die Blumen aufstellen und die Laternen arrangieren… mein Gott, das wird eine großartige Pforte. Was mir besonders gut gefällt, ist, dass es für eine Hochzeit genauso passend und schön ist wie für eine Party oder Wohltätigkeitsveranstaltung wie diese oder jedes andere Treffen. Es wird großartig – genau das, was sie sich erhofft haben."

„Verstehe. Lass mich das hier auf die Werkbank legen." Er legte das Arrangement mühelos ab und blickte sich dann um. „Ich werde eine Leiter suchen und sicherlich brauchen wir noch jemanden, der uns hilft. Es muss da hoch, oder?" Er deutete auf eine Stange mit einem Haken über den Türen.

„Genau."

„Ich bin gleich zurück."

Sie blickte ihm nach, während er sich entfernte und all die Aufregung, die sie zuvor verspürt hatte, raste durch ihren Körper, als er mit dem angeberischen Gang davonging, den er schon immer besessen hatte. Er ist damit auf die Welt gekommen, dachte sie. Er war schon immer so gegangen, doch wenn er auf einem Bullen ritt und nach dem acht Sekunden dauernden Ritt abstieg, dann war Bret Tanner ein bisschen übermütig und die Menge liebte das. Er ging dann für gewöhnlich mit diesem angeberischen Gang in der Mitte der Arena umher, warf seinen Hut in die Luft, grüßte in jede Richtung und verbeugte sich. Und manchmal musste er dann aus dem Pferch rennen und durch die Latten des Geländers hechten, um dem Stier zu entkommen, der immer noch im Gehege war, wenn er seine Sperenzchen vollführte.

Das hatte sie früher in den Wahnsinn getrieben und zu Tode erschreckt. Doch er war schon immer flink auf den Beinen gewesen. Er war so agil, so… perfekt. Es ließ sich nicht bestreiten, dieser Mann war noch immer der Frauenschwarm, der er zu allen Zeiten gewesen war. Und sie wusste, dass das Ganze genauso hart werden würde, wie sie es sich vorgestellt hatte.

Mit trockenem Mund wandte sie sich ab und blickte direkt in Levis Gesicht.

„Hallo, Ellie. Wie geht es deiner Mutter?"

„Sie kommt zurecht. Dank deiner Brüder, die gekommen sind und mir geholfen haben, sie ins Krankenhaus zu bringen."

Er grinste und nickte in Brets Richtung. Sie brauchte nicht über ihre Schulter zu schauen, um zu wissen, wem seine Bewegung galt. „Mein Bruder dort drüben – du weißt schon, zwischen euch gibt es noch unerledigte Dinge, meinst du nicht?"

Sie verschränkte ihre Arme und starrte Levi an. „Warum sagst du das? Ich war mit meinem Leben in Houston zufrieden. Und er ist ebenso offensichtlich äußerst zufrieden mit seinem Leben. Deswegen weiß ich nicht so recht, was du mit unerledigten Dingen meinst."

„Es geht um das, was zwischen euch geschehen ist. Mein Eindruck ist, du fühltest dich vernachlässigt, und das zu recht. Und um dein eigenes Herz zu schützen, hast du es beendet."

Wie um alles in der Welt war es Levi Tanner gelungen, ihre Gedanken zu lesen? „Das glaubst du?"

„Ja, das tue ich. Du kennst mich, ich als jüngerer Bruder habe mich ziemlich auf meine eigene Rebellion konzentriert. Die gegen die Paparazzi-Ratten, die überall herumlungerten. Du kennst die Paparazzi-Ratten – wie ich die Idioten nenne, die mich all die Jahre gejagt haben, die versucht haben, mich zu fotografieren und in den Boulevardzeitungen schlechte Dinge über mich zu verbreiten. Wie auch immer, ich hatte einen Verdacht, ich fand nicht unbedingt, dass ihr damals hättet heiraten sollen. Aber ich wollte dir sagen, dass ich nicht glaube, dass Bret jemals über dich hinweggekommen ist."

Ihr Herz pochte so heftig gegen ihren Brustkorb, als würde jemand mit einem Presslufthammer gegen ihre Rippen schlagen und versuchen, sich daraus zu befreien. „Levi, warum erzählst du mir das alles?"

„Ist das nicht offensichtlich? Ich finde, ihr zwei solltet es noch einmal miteinander versuchen. Wie ich sehe, trägst du keinen Ring am Finger. Deine Mutter und meine Mutter sind gute Freundinnen und ich habe Ms. Betty nie etwas darüber sagen hören, dass du geheiratet hättest. Und ehrlich gesagt habe ich auch nie gehört, dass du in Houston die Liebe deines Lebens gefunden hättest, seit du dorthin gezogen bist. Du bleibst für dich, wenn du hier bist, nur damit du Bret nicht über den Weg läufst."

Unbehagen erfüllte sie. Levi schien eine Art Kristallkugel zu besitzen, aus der er seine Informationen bezog. „Levi, Bret und ich sind vor Jahren getrennte Wege gegangen. Ich lebe in Houston und dein Bruder führt sein eigenes Leben. Soweit ich das beurteilen kann, hat sich an unserer Situation nichts geändert. Ich werde nicht herumsitzen und darauf warten, dass er endlich zu dem Entschluss kommt, dass ich ihm wichtig bin." *Oh Mist, das hatte sie nicht sagen wollen!*

Levi grinste wissend. „Ich wusste, dass ich richtig liege. Du hattest es satt, nur die zweite Geige in seinem Leben zu spielen. Du warst die Geschichten in den Zeitschriften leid. Aber mein Eindruck ist, dass du nicht weißt, wie sehr du ihn verletzt hast."

Sie hätte ihn gern nach all den Frauen in den Zeitschriften gefragt, etwas, das Brett immer abgestritten hatte, aber sie tat es nicht; das behielt sie besser für sich. Sie glaubte nicht, dass sie wirklich danach gefragt hätte, aber Bret kam wieder auf sie zu und das erleichterte sie. „Er kommt zurück. Ich sage dir, fang nicht mit diesem alten Zeug an, denn es wird ihn nicht glücklich machen. Er freut sich nicht darüber, dass ich in der Nähe bin."

„Umso mehr Grund für dich, hier zu sein. Dieser Mann ist ein bisschen zu aufgewühlt von diesem Umstand. Ich denke, wenn er über dich hinweg wäre, dann wäre es ihm egal, ob du hier bist oder nicht. Aber es ist ihm nicht egal."

Sie wusste nicht, was sie darauf erwidern sollte, glücklicherweise wurde ihr eine Antwort erspart, weil Bret sie in diesem Moment erreichte. Er trug eine Leiter.

„Hey Levi, da du nur rumstehst und quasselst, kannst du mir genauso gut helfen, dieses Blumenarrangement aufzuhängen. Ellie muss ein Foto für ihre Mutter machen, bevor sie damit zurück in die Stadt fährt."

„Ach was, großer Bruder, ich dachte, du brauchst niemals die Hilfe deines kleinen Bruders."

Bret runzelte als Reaktion auf Levis Worte die Stirn – es war einer dieser Fang-jetzt-nicht-mit-diesem-Quatsch-an-Blicke.

Ellie erinnerte sich an viele solcher in der Highschool zwischen den Brüdern ausgetauschter Blicke. Sie selbst war ein Einzelkind und ihr hatte diese geschwisterliche Dynamik immer gefehlt. Jetzt lächelte sie, denn sie hatte es stets genossen, die Interaktionen der Brüder zu beobachten.

„Halte das." Bret nahm den verzierten Kuhschädel von der Werkbank und legte ihn in Levis Hände. „Ich klettere auf die Leiter und du reichst ihn mir."

„Klar. Aber pass auf, dass du nicht runterfällst. Ein Typ wie du hat wahrscheinlich keinen Gleichgewichtssinn."

Das entlockte ihr ein Lachen, denn sie wusste, dass er Bret nur neckte. Wenn ein Bullenreiter eines hatte, dann war es ein hervorragender Gleichgewichtssinn. Ohne den blieb man nicht acht Sekunden auf dem Rücken eines verrückten, bockenden Bullen sitzen.

„Witzig" befand Bret.

Levi zwinkerte ihr zu. „Ich hab's ihm gegeben."

Sie konnte sich ein Lachen nicht verkneifen.

Kurz darauf machte sie das Foto für ihre Mutter, während Bret auf der Leiter stehend das Blumenarrangement an Ort und Stelle hielt und Levi es von unten stützte.

Bret sah sie über seine Schulter hinweg an, und sie machte eine weitere Aufnahme, von ihm, wie er genau in die Kamera blickte. Zur Sicherheit schoss sie noch eine – nur für den Fall, dass das erste Bild nicht gut geworden war. Nicht, dass ihre Mutter ein Bild von Bret brauchte.

„Okay, ich habe, was ich brauche", sagte sie und wünschte, der Moment würde noch länger andauern.

Levi tippte sich an den Hut. „Ich werde nachsehen, was ich sonst noch für Rita tun kann. Es war schön, dich zu sehen, Ellie."

„Danke. Das kann ich zurückgeben", sagte sie und blickte ihm nach, als er ging.

Bret kletterte von der Leiter herab. „Ich kann dir das Ding zum Auto zurücktragen."

„Danke, aber das schaffe ich schon." Sie griff danach, aber er hielt es fest.

„Es macht mir nichts aus. Es ist schwer." Sein Blick schien ihren zu suchen.

Etwas außer Atem und entnervt ließ sie los. „Okay." Da sie Platz benötigte, trat sie einen Schritt zurück und ging los. Er schloss sich ihr an. Seit Jahren hatten sie nicht miteinander gesprochen und nun verbrachten sie auf einmal Zeit miteinander. Nur neben ihm herzugehen, sorgte bereits dafür, dass sie sich verletzlicher fühlte, als sie zugeben mochte. Das brachte Erinnerungen zum Vorschein, die besser in den dunklen Winkeln ihres Gedächtnisses verborgen blieben.

„Woran denkst du?", fragte er und schreckte sie aus ihren Gedanken.

Sie hatten das Auto erreicht und sie biss sich auf die Lippen und hoffte, dass er ihre Gedanken nicht in ihren Augen sehen konnte. „Ich habe mir vorgestellt, wie schön alles aussehen wird."

Er starrte sie unter seiner Hutkrempe hervor an. „Ich habe dich nie für eine Lügnerin gehalten."

Eine Lügnerin? „Und es gibt eine Menge Dinge, für die ich dich nie gehalten habe. Es stellte sich heraus, dass ich mich geirrt hatte", fauchte sie, bevor sie die Wut in den Griff bekommen konnte, die seine Worte in ihr ausgelöst hatten. *Er* war der Lügner gewesen.

Sie starrten einander an. Die Anspannung des gestrigen Treffens am Fluss war zurück. Nach allem, was er für ihre Mutter getan hatte, fühlte sie Schuldgefühle in sich aufsteigen, aber da war auch die Wut, die sie so lange verspürt hatte, weil sie an den Rand seines Lebens gedrängt worden war, nachdem er sie gebeten hatte, auf ihn zu warten. Er hatte es geschafft, hatte die erste Meisterschaft gewonnen und war auf dem besten Weg zu seinem zweiten Titel gewesen, als ihr klar geworden war, dass sie niemals der Mittelpunkt seines Lebens sein würde. Nach all der Zeit tat es immer noch weh, zu wissen, dass er sie für sicher gehalten hatte und es so lange gedauert hatte, bis ihr das aufgefallen war. Auch wenn es ihr die Zeitschriften eins ums andere Mal unter die Nase gerieben hatten.

„Ich weiß, dass es dir lieber wäre, ich wäre nicht hier, aber nun bin ich es eben. Und durch die Verletzung meiner Mutter, werde ich sogar länger hier sein als geplant. Aber ich bin mir sicher, du wirst es nicht sein, also sollten wir in der Lage sein, die nächsten Tage zu überstehen. Nenn mich nur keine Lügnerin. Du bist derjenige, der mir kein Interview geben will. Aber nur weil ich das Interview brauche, heißt das noch lange nicht, dass ich mir alles von dir gefallen lasse.“

„Wow, die Ellie, an die ich mich erinnere, hatte nicht diese unnachgiebige Seite.“

Sie runzelte angewidert die Stirn. „Ach ja? Nun, vielleicht war die Ellie, die du kanntest, es einfach irgendwann leid, dass die Leute auf ihr herumtrampelten. Bis später, Bret. Danke für die Hilfe.“ Mit diesen Worten schloss sie die Tür des Lieferwagens, öffnete dann die Fahrertür und stieg ein. Zum Glück versuchte er nicht, sie aufzuhalten. Sie hatte zu viel gesagt. Sie besaß kein Pokerface und hatte alle ihre Karten gezeigt. Es war nicht so gelaufen, wie sie es geplant hatte. Andererseits lief nichts auf dieser Reise so, wie sie es geplant hatte.

KAPITEL SECHS

Bret sah Ellie nach, wie sie davonfuhr und ein großes Verlustgefühl machte sich in ihm breit. Er hatte sie mit dem Kommentar über das Lügen aufziehen wollen, doch sie hatte ihn sich zu Herzen genommen. Er wusste genau, was sie bewegte. Sie hatte das Gefühl, er hätte sie damals in Bezug auf das Rodeo angelogen, doch das hatte er nicht.

Er hatte ihr ein ums andere Mal versichert, dass die Geschichten über ihn nicht der Wahrheit entsprachen.

„Das sah nicht danach aus, als wäre es besonders gut gelaufen." Jake trat neben ihn.

Er warf seinem Bruder einen Blick von der Seite zu. „Nein, ist es nicht. Ich weiß nicht, warum ich nach gestern dachte, wir könnten wenigstens halbwegs normal miteinander sprechen."

„Warum könnt ihr das nicht?"

„Sie kam nur hierher, damit ich ihr ein Interview gebe, doch das werde ich nicht tun. Dann hatte ihre Mutter den Unfall und Ellie rief mich zu Hilfe. Doch wie sich herausstellte, war es zwar meine Nummer, die sie gewählt hat, um ihrer Mutter zu helfen, doch offensichtlich ist ihre Meinung von mir noch so miserabel wie eh und je."

„Dann ändere ihre Meinung."

„Ich bin mir nicht sicher, ob ich das will."

„Klar willst du", ermutigte ihn Jake, doch er verstummte, als ein Truck mit dem Logo der True Love, Texas Veterinärklinik auf den Parkplatz fuhr und ihnen gegenüber parkte.

Bret warf seinem Bruder einen Blick zu, als eine lebhafte Brünette aus dem Fahrzeug hüpfte. Jake starrte; sein Kiefer zuckte und Bret wusste, dass er mit den Zähnen knirschte, etwas, das er immer dann tat, wenn er gestresst war. *Interessant*. Sie trug eine Baseballkappe und ein Oxford-Shirt mit einem Logo auf der Brust. Sie hielt inne, als sie sie sah.

* * *

Am Tag, nachdem sie so grob mit Bret gesprochen hatte, kam Ellie die Treppe herunter und sah ihre Mutter an Krücken in der Küche herumhumpeln. Sie hielt die Kaffeekanne in einer Hand und versuchte, diese zur Kaffeemaschine zu manövrieren, ohne das Wasser darin zu verschütten.

„Mom, warte. Ich mache das. Was tust du denn?"

Ihre Mutter drehte sich zu ihr herum und sah sie frustriert an, als das Wasser aus der unsicher gehaltenen Kanne schwappte. „Ich versuche, Kaffee zuzubereiten. Das ist so lästig."

Betty Seton war eine unabhängige Frau. Ellie wusste, dass es hart für sie war. „Mom, es ist okay. Setz dich hierher auf den Barhocker und lass mich dir helfen." Sie nahm ihrer Mutter die Kanne ab und wartete, bis sich diese mit einem übertriebenen Seufzen auf den Barhocker sinken ließ.

„Okay. Danke."

„Es wird nicht mehr lange dauern, dann kannst du dich der Krücken entledigen. Aber ein wenig musst du dich noch gedulden.“

„Ich bin es leid, auf dem Hocker zu sitzen und dir dabei zuzusehen, wie du herumhetzt und mir meine Sachen bringst.“

Ihre sonst so optimistische Mutter klang wirklich frustriert. „Schon gut, Mom. Es macht mir nichts aus, Sachen für dich zu erledigen. Heute ist dein Glückstag, denn du musst mir nicht dabei zusehen, wie ich herumrenne und Dinge für dich hole, denn ich werde raus zur Blumenfarm fahren, erinnerst du dich? Ich werde dir für eine Weile aus dem Weg sein. Anschließend kümmern wir uns gemeinsam um alles. Alles wird gut.“

Betty ließ ihren Kopf auf ihre Hand sinken. „Du hast recht. Ich bin es nur nicht gewohnt, dass andere alles für mich tun. Ich mag das nicht. Früher habe ich deinen Vater verrückt gemacht.“

Ellie lächelte bei der Erinnerung, denn es stimmte. Sie bereitete den Kaffee zu Ende zu und als das erledigt war, goss sie ihrer Mutter eine Tasse ein und stellte sie neben sie. „Aber er hat dich geliebt, trotz all deiner Unabhängigkeit.“

„Ja, das hat er." Sie blickte auf und lächelte reumütig. „Und es ist nicht einfach, mich zu lieben. Ich bin ziemlich stur und anspruchsvoll und neugierig."

„Und du kannst ziemlich angespannt sein, wenn dich etwas beunruhigt", fügte Ellie hinzu.

„Ja, das stimmt." Ihre Mutter legte den Kopf schief.

Ellie füllte ihre eigene Tasse mit Kaffee und lehnte sich gegen die Theke. „Schau mich nicht so an, Mom."

„Du weißt bereits, was ich sagen werde. Du bist genauso wie ich und gestern, als du von der Tanner-Ranch zurückgekommen bist, konnte ich sehen, dass du unglaublich angespannt warst."

„Nein, es geht mir gut."

„Du kannst mich nicht anlügen, junge Dame. Willst du darüber reden?"

Ich habe dich nie für eine Lügnerin gehalten. Brets Worte hallten durch ihren Kopf. Sie hatte überreagiert und das wusste sie. Sie war einfach so sensibel in Bezug auf ihre Vergangenheit. Sie stellte den Kaffee ab und ging zum Fenster. Sie starrte hinaus und versuchte, ihre Worte zu kontrollieren, gab dann aber auf. Sie drehte sich zu ihrer Mutter herum. „Es ist so frustrierend, ihn zu sehen. Ich habe versucht, das zu verbergen, aber es funktioniert nicht."

„Warum versuchst du nicht, dich mit ihm zu versöhnen? Barbara und ich haben die Hoffnung, dass ihr euch versöhnt, jetzt, wo ihr älter seid. Wir sind uns einig, dass keiner von euch beiden mehr der Alte war nach der Trennung. Es sieht so aus, als würde euch beiden etwas im Leben fehlen. Ihr habt beide etwas Zeit gebraucht, um euch auf eure Karriere zu konzentrieren."

„Bei ihm hat sich diesbezüglich nichts geändert. Seine Karriere und Dating scheinen Hand in Hand zu gehen."

„Und das weißt du woher?"

Sie schloss für einen Moment die Augen, konnte nicht glauben, dass sie das gesagt hatte. Dann sah sie ihre Mutter an. „Ich folge ihm in den sozialen Medien und lese gelegentlich in den Boulevardzeitungen über ihn. Aber ich arbeite in der Unterhaltungsbranche und es gehört zu meinem Job, auf dem Laufenden zu bleiben", sagte sie schwach, denn der mitleidige Blick ihrer Mutter verriet ihr, dass diese ihr nicht eine Sekunde glaubte. „Okay – ich kann nicht anders. Er hat mich verletzt und ich kann es weder vergessen noch hinter mir lassen. Es ist erbärmlich. Ich meine, wirklich, ich suche ihn in den sozialen Medien und lese die Boulevardzeitungen, nur um zu sehen, ob etwas über ihn darinsteht." Sie war erbärmlich. Und sie hasste das. „Aber es gehört zu meinem Job", wiederholte sie, als ihr klar wurde, dass sie bereits zu viel gesagt hatte.

Der Gesichtsausdruck ihrer Mutter wurde sanfter und ihre Augen musterten sie voller Anteilnahme. „Bist du dir sicher, dass das so sehr Teil deines Jobs ist?"

Tränen drängten in ihre Augen, doch sie blinzelte sie zurück. „Es interessiert mich persönlich, aber im Moment ist es definitiv auch Teil meines Jobs. Es ist… es ist wirklich zwingend erforderlich, dass ich das Interview mit ihm bekomme. Wenn nicht, werde ich vielleicht länger dein Hausgast sein als du dir das vorgestellt hast."

„Willst du damit sagen, dass du deinen Job verlieren wirst?"

Sie nickte. „Genau das will ich sagen. Mein Chef erteilte mir diesen Auftrag, nachdem er herausgefunden hatte, dass ich Bret persönlich kenne. Unsere

Verkaufszahlen stagnieren und er muss für einen Aufwärtstrend sorgen, andernfalls müssen sie Leute entlassen und ich stehe ganz oben auf der Liste."

„Aber das ist so unfair. Warum solltest du ganz oben auf der Liste stehen?"

„Er hält Unterhaltungsnachrichten für nicht so wichtig wie andere Nachrichten. Um ehrlich zu sein, verliere ich sowieso langsam das Interesse. Ich finde mich gerade damit ab, das zuzugeben."

„Wenn du das nicht mehr tun willst, ist das kein Beinbruch. Du bist talentiert genug, um etwas anderes zu finden. Weißt du, ich würde mich freuen, wenn du mit mir arbeiten würdest. Ich bin dir sehr dankbar, dass du mir hilfst. Ich werde zusätzliche Hilfe brauchen, wenn ich das Geschäft erweitere und neue Aufträge bekomme."

„Danke für das Angebot, Mom, aber ich glaube nicht, dass ich dauerhaft hierher zurückziehen kann. Eines Tages wird Bret wieder herziehen und ich kann ihm nicht ständig über den Weg laufen. Oder ihm die ganze Zeit aus dem Weg gehen." Es war schon schwer genug, aus der Distanz mit ihren Gefühlen klarzukommen. Dass sie ihn in den letzten Tagen gesehen hatte, hatte nur ihre größte Angst bestärkt – dass sie vielleicht nie über ihn hinwegkommen würde.

Ihre Mutter streckte die Hand aus und drückte ihre sanft. „Vielleicht solltest du dich dieses Mal darauf konzentrieren, den Bruch zwischen euch zu kitten. Es wäre das Beste für euch beide. Sorgt für klare Verhältnisse, sprecht einmal alles aus. Entweder kommt ihr so wieder zusammen oder ihr könnt zumindest weitermachen. Dann kannst du vielleicht herausfinden, was du mit dem Rest deines Lebens anfangen willst."

Die Worte ihrer Mutter umspielten ihr Herz, es stimmte – wenn sie sich damit arrangieren könnte, wie ihre Beziehung, ihre Liebe zu Ende gegangen war, dann könnte sie vielleicht nach vorn schauen und vielleicht sogar jemand Neuen finden, den sie lieben konnte. Denn es war offensichtlich, dass zwischen ihr und Bret nie etwas sein würde

„Ich kann sehen, wie dein Verstand arbeitet. Ich will nur das Beste für dich."

Sie lächelte ihre Mutter an. „Du hast mir einen guten Rat gegeben. Ich habe nur hier herumgesessen und viel Zeit mit meinen Gedanken verschwendet, die sich alle um Bret drehten, gute, schlechte, besorgte, alle. Ich muss es einfach einmal alles aussprechen und es dann hinter mich bringen und loslassen."

„Genau. Alles wird besser, wenn du das tust."

Sie holte tief Luft. „Ich hoffe es, aber ich bezweifle das wirklich."

KAPITEL SIEBEN

Bret war in die Stadt gefahren, um dort zu Mittag zu essen, als er den Lieferwagen des Blumenladens am Straßenrand entdeckte. *Was war jetzt schon wieder los?* Er hielt hinter dem Lieferwagen, stieg aus und sah, dass er einen Platten hatte. Er ging um den Wagen herum auf die andere Seite und erblickte Ellie, die hin und her lief, während sie telefonierte. Als sie ihn entdeckte, sagte sie etwas ins Telefon und legte dann auf.

„Sieht aus, als hättest du ein Problem."

Sie sah nicht gerade erfreut aus, ihn zu sehen. Er hatte die ganze Nacht an sie gedacht und war heute Morgen abgelenkt gewesen, als er mit Jake ausgeritten war. Seinem Bruder war seine Abwesenheit aufgefallen. Jedem fiel das auf. Er musste herausfinden, was zwischen ihnen stand. Er musste es ans Tageslicht bringen, um es dann hinter sich zu lassen, genau wie seine Brüder es ihm geraten hatten.

„Ich habe einen Platten und bereits jemanden angerufen, der kommt und den Van abholt, denn meine Mutter hat kein Reserverad darin. Ich wollte sie nicht anrufen, sie hat schon genug Stress."

„Das ist nicht gut. Also kommt jemand, um den Wagen zu holen? Wolltest du irgendwohin?"

„Ich war auf dem Weg zu einer Blumenfarm, bei der wir häufig einkaufen, um die Blumen abzuholen, damit wir heute Abend mit dem Gestalten der Arrangements für die Veranstaltung beginnen können."

„Liefern die denn nicht?"

„Normalerweise schon, aber Mom kauft bei einem kleineren Händler am Stadtrand von San Antonio, die sind im Moment unterbesetzt und hatten niemanden verfügbar, deswegen hole ich sie ab. Mom hält die Stellung. Ihr geht es ganz gut, sie bewegt sich ein wenig mit ihren Krücken, aber trotzdem muss ich die Blumen abholen. Der platte Reifen hat mich jetzt bereits dreißig Minuten zurückgeworfen und ich werde mindestens drei Stunden brauchen, um dorthin und zurückzufahren – vielleicht sogar noch länger."

„Glaubst du, in meinem Truck ist genug Platz auf der Rückbank?"

„Sie werden in Kisten verpackt sein, also könnten wir sie bei Bedarf stapeln, aber darum kann ich dich nicht bitten."

„Du kannst mich nicht darum bitten, oder du willst mich nicht darum bitten?"

Sie runzelte die Stirn und er zog die Brauen zusammen. „Okay, ich will dich nicht darum bitten."

„Das ist lächerlich." Er fuhr sich mit der Hand durchs Haar und starrte sie unter der Krempe seines Stetsons hervor an. „Wir müssen darüber hinwegkommen. Wir haben eine Vergangenheit, mit der wir beide nicht glücklich sind, aber wir müssen sie loslassen, und das wissen wir beide."

Sie verschränkte die Arme. „Ist dein Angebot, mir zu helfen, also daran gekoppelt, dass ich mich für unser letztes Treffen entschuldige oder dir diesbezüglich entgegenkomme?"

Er griff nach seinem Hut und schlug ihn sich

seitlich gegen das Bein. Diese Frau frustrierte ihn. „Nein, du musst nichts dergleichen tun. Ich habe nur gesagt, wir müssen es aus der Welt schaffen."

Sie ging um den Van herum auf die Fahrerseite, griff hinein und zog ihre Handtasche daraus hervor. „Vielleicht ist das so, doch im Moment brauche ich lediglich eine Mitfahrgelegenheit."

Sie stapfte an ihm vorbei, riss die Beifahrertür auf und stieg in seinen Truck.

Er schüttelte den Kopf, drehte sich um und glitt hinter das Lenkrad. Er warf ihr einen widerwilligen Blick zu. „Du warst schon immer temperamentvoll, aber im Moment steht dir das nicht besonders gut."

Sie drehte sich um und blickte ihn an. „Ist das so? Nun ich fand auch nicht, dass der unablässige Strom an Bildern mit einer Frau nach der anderem an deiner Seite all die Jahre dir besonders gutstand."

Er knirschte mit den Zähnen. „Ah, darum geht es also wieder. Wie oft soll ich dir noch sagen, dass du nicht alles glauben sollst, was du in diesen Klatschblättern siehst? Du hast diesen völlig falschen, von den Medien verzerrten Blick auf mich. Ich habe mich vor Jahren bei dir entschuldigt und dir erklärt, dass keine der Frauen, mit denen du mich in den Zeitschriften gesehen hast, das war, was du dachtest."

„Richtig. Ich weiß nicht, warum ich überhaupt davon angefangen habe. Es spielt ohnehin keine Rolle mehr."

* * *

Sie legten Meile um Meile zurück, während Bret geradeaus starrte und fuhr. Wie hatte so viel zwischen ihnen geschehen können, dass sie sich heute an einem Punkt ihrer Beziehung befanden, an dem sie wie Fremde füreinander waren? Das war nur schwer zu verstehen, denn sie hatten sich einmal sehr nahegestanden. Er konzentrierte sich wieder auf die Straße. Seine Hände schlossen sich fester um das Lenkrad.

Sie starrte geradeaus und hatte während der letzten fünf Meilen, die sie zurückgelegt hatten, nicht viel gesagt.

„Wird es bis zu unserem Ziel so sein? Zwanzig Meilen, in denen du mir die kalte Schulter zeigst?"

„Ehrlich gesagt, Bret, weiß ich einfach nicht recht, worüber ich reden soll.“

„Ich verstehe das vollkommen“, sagte er. „Die letzte Person, die ich neulich erwartet hatte zu sehen, als ich bei Mannys war, warst du. Dann deine Frage…“

Sie drehte sich leicht zu ihm, um ihn besser sehen zu können. „Ich kann dir versichern, dass zu dir zu kommen und dich um ein Interview zu bitten, das letzte war, was ich tun wollte. Es war mein letzter Ausweg. Aber keine Sorge, ich brauche das Interview mit dir nicht mehr. Ich hätte meinem Chef in dem Moment sagen sollen, dass ich es nicht machen werde, als er es angeordnet hat. Ich hätte mich niemals darauf eingelassen, wenn ich eine andere Möglichkeit gesehen hätte. Und inzwischen ist mir klargeworden, dass es eine andere Möglichkeit gibt – ich muss lediglich zu meinem Chef gehen und ihm sagen, dass ich von Bret Tanner kein Interview bekommen werde und er mich feuern soll. Dann müsste ich mir einen neuen Job suchen. Und genau das werde ich tun.“

Er trat auf die Bremse und warf ihr einen Blick zu. „Du wirst deinen Job verlieren?“

„Ja. Ich habe dir gesagt, ich hätte dich nicht gefragt, wenn ich nicht verzweifelt gewesen wäre."

Er verstärkte seinen Griff um das Lenkrad, während Säure in seinen Eingeweiden wühlte und er in Gedanken ihre Worte hin und her drehte. Er hatte Mitleid mit ihr, aber… „Sieh mal, wir haben diese gemeinsame Vergangenheit, die nicht schön ist. Eine Vergangenheit, die ich nie ganz verstanden habe. Ich werde mich nicht mit dir zusammensetzen und mit der einen Person in einem Interview über mein Leben reden, die meine Welt komplett auf den Kopf gestellt hat." Zorn machte sich in seiner Brust breit.

Sie lachte bitter. „Du denkst, ich hätte dein Leben auf den Kopf gestellt?"

„Das hast du. Du hast gesagt, du würdest auf mich warten, doch dann bist du weitergezogen. Du hast deine Meinung geändert. Du hast es beendet und bist aufs College gegangen. Du hast mich überrumpelt."

Ihr Gesicht war rot, und ihre Augen blitzten, als er sie ansah. *Sei es drum. Das war nichts Neues.*

„Du warst jeden zweiten Tag in den Klatschzeitschriften", schäumte sie. „Manchmal sogar jeden Tag. Dir wurden Affären mit allen möglichen Frauen nachgesagt. Hast du erwartet, dass ich glaube, dass nichts davon der Wahrheit entspricht? Abgesehen davon, stand ich für dich nie an erster Stelle. Ich habe immer gewartet, war immer die, die zurückgelassen worden war. Um ehrlich zu sein, habe ich dir nicht gesagt, was ich wirklich dachte und wollte, als du mich gebeten hast, auf dich zu warten. Du hast mir das Herz gebrochen. Genau so war es – du hast mir das Herz gebrochen. So, jetzt weißt du es. Ich habe mich nie davon erholt."

„Ich habe dir das Herz gebrochen? Ich hatte Pläne geschmiedet. Aber es ist keine große Sache mehr. Es ist Geschichte."

Sie starrte ihn an. „Was für Pläne hattest du geschmiedet? Du hast nie mit mir über irgendwelche Pläne gesprochen. Du hast dich nie so verhalten, als würde das mit uns irgendwohin führen. Du hast dich nur auf das Rodeo konzentriert – und mich einfach im Regen stehen lassen, während du auf den Titelseiten all dieser Boulevardzeitungen warst. Hast du nie innegehalten und mal an mich gedacht, dich gefragt, wie ich mich fühle?"

Er lenkte den Truck an den Straßenrand. Der Verkehr brauste vorbei, auf der I-35 war viel los und er musste noch eine Ausfahrt passieren, bevor sie abfahren würden und auf eine Straße mit weniger Verkehr kämen. Aber er musste sie ansehen. „Ich hatte dir wieder und wieder erklärt, dass diese Geschichten und Fotos inszeniert waren. Das waren Cowgirls von der NFR. Mit denen ich geredet habe. Sprichst du nicht regelmäßig mit anderen Menschen? Ich konnte nicht einmal Hallo sagen, ohne dass ein Foto von mir geschossen wurde, das am nächsten Tag in der Zeitung war. Ich konnte nichts dafür, wenn es so aussah, als ob ich eine Affäre hatte. Ich hatte das alles so satt und dann hast du mir irgendwann gar nicht mehr vertraut. Es war anstrengend. Und frustrierend. Aber ich dachte, wir würden es durchstehen und hatte bereits Pläne für uns geschmiedet. Ich dachte, wenn ich nur die NFR gewinnen könnte, dann würde der Stress von mir abgefallen. Und vielleicht könnten wir…"

„Lass uns einfach aufhören, darüber zu reden. Es ist vorbei. Und ich möchte, dass es genau das ist. Ganz und gar.“

Sie starrte ihn verletzt an und er fühlte mit ihr. Und plötzlich fragte er sich, ob vielleicht etwas von dem, was sie sagte, stimmen mochte. *Hatte er zu viel von ihr verlangt?* Nur weil er gewusst hatte, dass die Boulevardblätter beständig logen? Hatte er erwartet, dass sie ihm – nur weil sie ihn liebte – aufs Wort glaubte, wenn sie immer und immer wieder mit den gleichen Lügen konfrontiert wurde?

„Also hast du uns einfach aufgegeben und beschlossen, deinen Abschluss in Journalismus zu machen und weiterzumachen.“

„Ja“, sagte sie fest.

„Und warst du erfolgreich damit?“ Plötzlich wollte er es wissen. Etwas, das er sie nie gefragt hatte, weil sie einander nicht gesehen hatten. Auch seine Mutter hatte er das nie gefragt.

„Ich war recht erfolgreich. Nichts, was man ekstatisch nach Hause melden oder deswegen Luftsprünge machen müsste. Ich muss weiter und die Blumen abholen. Dieses Gespräch ist sinnlos. Wir sind uns völlig uneinig. Du hast deine Geschichte und ich habe meine.“

Sein Herz zog sich zusammen, als er sah, wie die Kluft zwischen ihnen größer wurde. Ein kleiner Teil von ihm wollte nicht, dass sie noch tiefer wurde. „Schau mal, was wäre, wenn wir versuchen würden, darüber hinwegzukommen. Wenn wir uns hier und jetzt entscheiden würden, den Schmerz zu überwinden, den wir beide empfinden wegen dem, was zwischen uns passiert ist. Ich wäre bereit dazu. Ich fand es schade, wie es zu Ende gegangen ist. Ich weiß, es ist zu spät für uns, aber ich möchte nicht, dass wir ewig so weitermachen. Unsere Mütter sind beste Freundinnen. Für sie müssen wir es endlich hinter uns lassen.“

„Gut. Können wir das denn?“ Ihr Blick forderte ihn heraus, und er sah an ihrem Mund, dass sie nicht daran glaubte.

„Ich glaube fest daran, dass du und ich alles schaffen können, was wir uns vornehmen. Zumindest haben wir das früher geglaubt.“

„Das ist lange her.“

„Ich glaube immer noch daran. Wenn wir es wollen.“

Sie wandte den Blick ab und starrte aus dem Fenster.

Seine Finger sehnten sich plötzlich danach, die Linie ihres Kiefers nachzuzeichnen.

„Lass es uns versuchen. Es wird nicht einfach – das weißt du. Es ist nicht leicht, einfach zu vergeben und vergessen und weiterzumachen, als wäre nie etwas gewesen."

„Warum nicht? Ich habe genau das vor. Wenn ich mich entscheide, auf den Bullen zu steigen und ihn zu reiten, dann steige ich nicht auf und denke, ich werde *versuchen*, ihn zu reiten. Ich halte mich an den Plan, die vollen acht Sekunden zu reiten."

„Du hattest schon immer diese Einstellung, wenn es um deine Karriere ging."

Ihre Worte trafen ins Schwarze. „Das stimmt. Wenn ich auf den Bullen steige, dann sind meine Gedanken auf die eine Sache konzentriert, die ich tun werde, und das ist, diesen Bullen zu reiten. Nicht zurückzuschauen. Wenn ich mich mit einer anderen Denkweise auf das Tier setze, dann bereue ich es später und ich habe nicht viel bereut in meiner Karriere als

Bullenreiter. Aber, Ellie, ich habe viel bedauert, was das zwischen uns angeht. Ich schätze, wenn du dieses Wochenende nicht hergekommen wärst, dann wäre es so weitergegangen. Aber ich bin es leid. Ich bin es wirklich leid und möchte diesen Bullen reiten. Ich möchte, dass wir es schaffen, zumindest die Art Freundschaft zu etablieren, in der wir uns auf der Straße begegnen können, ohne dass wir in die entgegengesetzte Richtung davonlaufen wollen. Oder dass du nach Hause kommen kannst, um deine Mutter zu besuchen, ohne Angst davor haben zu müssen, zu Mannys zu gehen und ein gebratenes Hähnchensteak zu essen. Denn ich weiß, wie sehr du gebratenes Hähnchensteak liebst. Und Manny macht immer noch das Beste in Texas."

Sie lächelte, ihre Augen ein wenig feucht. „Okay. Ich habe mich immer daran erinnert, wie du dir etwas in den Kopf gesetzt und es dann durchgezogen hast. Das war eines der Dinge, die ich an dir liebte."

In diesem Moment fragte er sich, ob er so sein Leben führte und ob er damals auch in Bezug auf sie beide diese Einstellung an den Tag gelegt hatte. Oder war er so sehr darauf bedacht gewesen, die

Meisterschaften im Bullenreiten zu gewinnen, dass es stimmte, was sie gesagt hatte – dass er sie auf Eis gelegt hatte und davon ausgegangen war, dass sie auf ihn wartete und sich damit zufriedengab, die Zweite Geige in seinem Leben zu spielen? Das tat ihm leid. Aber sie konnten das nicht noch einmal durchmachen und sie konnten so auch nicht weitermachen. Sie könnten darüber hinwegkommen und eine Freundschaft aufbauen. Aber das war alles, was es zwischen ihnen geben konnte – Freundschaft. Sie hatten zu viel erlebt, zu viel durchgemacht, um es noch einmal mit einer Beziehung zu versuchen.

Oder zumindest mussten sie zuerst einmal Freunde werden, bevor irgendetwas anderes möglich war.

KAPITEL ACHT

Sie erreichten die Blumenfarm, und Ellie ging das Gespräch, das sie und Bret auf der Herfahrt geführt hatten, nicht mehr aus dem Kopf.

Waren sie beide schuld an dem, was passiert war? Hätte sie ihm vertrauen sollen? Sie dachte an all das, was sie durchgemacht hatte, an all die Artikel, und wusste, dass nur jemand sehr viel Stärkeres als sie nicht an Bret gezweifelt hätte. Zum einen war es ihr schwergefallen, all die schönen Frauen auf den Bildern zu sehen, da sie gewusst hatte, dass sie sich mit ihnen nicht vergleichen konnte. Sie hatte das Gefühl gehabt, unterlegen und minderwertig zu sein, was dafür gesorgt hatte, dass sie sich auf eine Art und Weise gefühlt hatte, die nicht gut für sie gewesen war. Sie hatte damals viele Dinge an sich selbst in Frage gestellt – ihr Aussehen, ihre Fähigkeit, den Mann zu halten – und seine Liebe zu ihr.

So viele Dinge hatten in dieser Zeit ihre Gedanken vergiftet. Wenn sie selbstsicherer gewesen wäre, hätte sie ihm dann glauben können, als er geschworen hatte, die Boulevardblätter würden nur Lügen drucken?

Sie stieg aus dem Truck, froh über die Gelegenheit, das Gespräch hinter sich zu lassen. Caroline von Caroline's Flowers winkte und kam zu ihr gelaufen, um sie zu begrüßen.

„Da bist du ja." Sie schlang ihre Arme um Ellie. „Als deine Mom mich anrief und mir sagte, dass du in der Stadt bist und die Blumen abholen wirst, habe ich mich so gefreut. Wie lange ist es her, dass wir uns gesehen haben? Drei, vielleicht vier Jahre? Ich habe den Überblick verloren." Sie an beiden Armen festhaltend, trat Caroline einen Schritt zurück und betrachtete Ellie. „Du siehst gut aus. Wir haben dich vermisst."

„Ich habe dich auch vermisst, Caroline. Es ist so schön, dich zu sehen."

Caroline lächelte. „Und Sie sind Bret Tanner. Ich erinnere mich auch an Sie. Ich kenne Ihre Mutter und

Ihren Vater. Wie geht es Ihnen? Sie sind der Bullenreiter, richtig? Die Bullen haben es Ihnen wohl angetan. Werden Sie dieses Jahr beim NFR gut abschneiden?"

„Das hoffe ich. Ich werde alles geben."

„Bereitet Ihnen nicht die Schulter ein paar Probleme?"

„Ja, Madam. Wie ich sehe, verfolgen Sie die Nachrichten sehr genau."

„Ja, das stimmt. Ich habe an dem Abend mitangesehen, wie Sie von diesem Bullen niedergetrampelt wurden und ich dachte, oh mein Gott, gleich werden wir im landesweit ausgestrahlten Fernsehen mit ansehen müssen, wie wir einen von uns verlieren. Es war schrecklich. Es hat eine Weile gedauert, bis Sie sich davon erholt hatten, nicht wahr? Ich meine, Sie sind zwar geritten, aber Sie haben das nicht mit derselben Leichtigkeit getan wie sonst."

„Ja, Madam. Es hat ein bisschen gedauert, aber inzwischen geht es mir besser. Meine Schulter fühlt sich besser an und ich bin wieder viel stärker. Ich reite genug, um meine Punkte zu halten, vielen Dank, und ich habe trainiert, müssen Sie wissen."

„Nun, das ist doch großartig. Und nun haben Sie also Ellie hergebracht, um unsere Blumen für die Wohltätigkeitsorganisation abzuholen, und wir möchten Ihnen für Ihre Beteiligung an dieser Veranstaltung danken, Bret. Wir sammeln Geld für den neuen Krankenhausflügel und das Sie und Ihre Familie mitmachen – das wird den Kindern wirklich zugutekommen. Dafür danken wir Ihnen. Jetzt kommt rein und holt die Blumen. Ich weiß, dass du und deine Mom noch eine Menge Arbeit vor euch habt, um die Arrangements zu kreieren."

Sie folgten ihr nach drinnen. Eine Auswahl wunderschöner Lilien und Rosen stand in mehreren Eimern herum.

„Die sind wunderschön. Ich bin mir sicher, wir bringen alle auf der Rückbank des Trucks unter."

„Das werdet ihr. Sie sind sehr gut eingepackt. Dafür habe ich gesorgt und ich habe auch darauf geachtet, dass nicht zu viele Blumen in einem Eimer sind. Der Van wäre etwas besser geeignet, aber es wird auch so funktionieren. Sie werden die Fahrt gut überstehen. Ihr müsst nur dafür sorgen, dass es auf der Rückfahrt kühl im Auto ist."

„Das machen wir." Ellie lächelte ihn an. Er war ein netter Kerl. War er schon immer gewesen; und war es noch. Ihr Herz zog sich schmerzhaft zusammen als sie an das dachte, was hätte sein können, aber sie wusste, dass er wahrscheinlich recht gehabt hatte. Sie waren jung gewesen – zu jung. Wenn sie eine bessere Chance erhalten hätten, hätten sie es vielleicht mit dem Alter geschafft.

Sie luden die Blumen ein und winkten dann Caroline zum Abschied zu. Diese ließ sie noch wissen, dass sie sie bei der Wohltätigkeitsveranstaltung sehen würde, und dann machten sie sich auf den Rückweg nach True Love.

„Wie geht es deiner Schulter?"

„Der geht es gut. Ob es allerdings dieses Jahr im Dezember wirklich ich sein werde, den es zu schlagen gilt, weiß ich nicht so recht. Manchmal hat der Ruf viel damit zu tun. Und Punkte. Ich halte durch, aber ich kann nicht versprechen, dass ich als Sieger aus dem Wettbewerb hervorgehen werde. Ich habe alles gegeben."

Sie fuhren eine Weile schweigend.

„Ellie, ich habe über das nachgedacht, worüber wir gesprochen haben, und vielleicht hast du recht. Ich habe dir vielleicht nicht den Platz in meinem Leben eingeräumt, den du verdient hast. Vielleicht – nein, nicht vielleicht – ich gebe bei allem in meinem Leben mein Bestes. Als ich hier aufbrach um beim NFR durchzustarten, hatte ich mir genau das vorgenommen. Ich sagte mir, dass ich es für uns tun würde. Für dich und mich. Ich würde mir meinen Ruf erarbeiten, ich würde der Beste sein und wir würden unser gemeinsames Leben beginnen. Aber du musstest eine Menge durchmachen." Er schaute sie an und sie sah Schmerz in seinen Augen, bevor er den Blick abwandte.

Ihr Herz zog sich fester zusammen. Sie holte tief Luft. Ihn das sagen zu hören, traf sie.

„Bret, ich habe auch nachgedacht. Und vielleicht hast du recht – wir waren beide zu jung."

Er sah sie wieder an. „Nein, ich war zu jung – ich habe zu viel von dir erwartet. Die Wahrheit ist, dass ich dir nicht das gegeben habe, was dir zustand und das war meine volle Aufmerksamkeit, wenn du irgendwann meine Frau werden solltest. Ich habe dir das mit meinen Handlungen nicht gezeigt."

„Dann hat es vielleicht einfach nicht sein sollen."

Sie fuhren wieder für eine Weile schweigend und er seufzte schließlich. „Vielleicht hast du recht. Aber ich möchte, dass du weißt, dass es mir leidtut."

Sie schaute aus dem Fenster und wusste, dass es ihm nicht annähernd so leidtat wie ihr.

KAPITEL NEUN

Ellie stand im Hof der Tanner Ranch und blickte sich um. Sie musterte die reizenden Gärten, den Pavillon und die Blumenarrangements, die sie und ihre Mutter angefertigt hatten. Diese war mit dem Endergebnis äußerst zufrieden, genauso wie Rita und Tulip.

Ellie war ebenfalls glücklich.

Sie war ungemein froh darüber, nach Hause gekommen zu sein. Es war etwas seltsam. Sie hegte wenig Zweifel daran, dass Bret seine Meinung bezüglich des Interviews noch ändern würde, also würde sie wahrscheinlich ihren Job verlieren… aber vielleicht war es ihr gelungen, die Freundschaft mit Bret widerherzustellen.

Die Aussicht darauf, das Loch in ihrem Herzen

womöglich flicken zu können, erleichterte sie. Das war dringend nötig.

Am vorherigen Abend hatte Ellie mit ihrer Mutter über ihr Gespräch mit Bret gesprochen, während sie gemeinsam an den Gestecken gearbeitet hatten. Ihre Mutter war ganz aufgeregt gewesen. „Es ist wichtig, die Dinge geradezurücken", hatte sie gemeint. „Manchmal braucht es seine Zeit, bis man die Probleme erkennt, die zwischen zwei Menschen in einer Beziehung auftreten."

Da war viel Wahres dran, dachte Ellie, während sie hier und dort noch etwas richtete, bevor die ersten Gäste eintrafen. Ihre Mutter saß an einem Tisch, sie würde Aufträge entgegennehmen und Fragen bezüglich der Blumen beantworten. Für gutes Essen und Tanz war gesorgt, außerdem würde der Abend dazu dienen, sich mit anderen zu vernetzen. Und natürlich dazu, Spenden zu sammeln; alle hofften, dass viel Geld den Besitzer wechselte, wenn nach und nach die Spenden eingingen.

„Es sieht fantastisch aus, Ellie." Rita kam herüber und umarmte Ellie. „Du und Betty habt ein wahres Wunder vollbracht. Die Fotos der Gäste vor den Blumenarrangements werden umwerfend schön sein.

Ich werde den ganzen Abend über damit beschäftigt sein, Fotos von den Paaren zu schießen, die für den Krankenhausflügel spenden. Ich bin mir sicher, dass es uns viele neue Aufträge einbringen wird, dass wir unsere Zeit und unser Talent in die Organisation dieser Wohltätigkeitsveranstaltung gesteckt und geholfen haben, das benötigte Geld aufzubringen.“

„Das denke ich auch. Ich habe wirklich gern geholfen und Mom hat es geliebt. Sie ist so talentiert. Ich freue mich, dass so noch mehr Menschen auf ihre Arbeit aufmerksam werden.“

Rita stupste sie gegen den Ellbogen. „Ja, sie ist sehr talentiert, aber das bist du auch.“

„Ich kann Blumenarrangements zusammensetzen, aber meine Mutter ist das kreative Genie hinter all dem. Sie hat die Visionen dafür, ich nicht.“

„Vielleicht machst du dir selbst etwas vor und verlässt dich auf Bettys Kreativität, anstatt deine eigene zu erforschen. Deine eigene Vision könnte eine andere und ebenso einzigartig sein.“

Ellie dachte darüber nach. „Ich könnte es versuchen. Aber ich bin Reporterin.“

„Ich denke, wir tragen alle verschiedene Dinge in uns. Ich bin Fotografin, Mutter und jetzt auch Hochzeitsplanerin. Ich denke, du kannst mehr, als du dir selbst zutraust, auch wenn es für mich eine erstaunliche Leistung ist, einen Artikel schreiben zu können. Ich weiß, dass ich selbst das niemals könnte. Aber ich werde versuchen, ein paar Artikel für meinen Blog zu schreiben. Eventuell werde ich dich um Hilfe bitten."

„Ich helfe gern, wenn du Hilfe benötigst."

„Super. Ich habe gehört, dass Bret dich mitgenommen hat, um die Blumen abzuholen. Wie steht es zwischen euch beiden?"

„Es lief ganz gut. Wir werden daran arbeiten, Freunde zu werden."

„Freunde?" Rita starrte sie an. „Ich würde es nicht aufgeben wollen, ihn zu lieben."

„Nein, dazu wird es nicht kommen. Wir machen es genau richtig, indem wir versuchen, uns gut miteinander zu verstehen." Es stimmte. An die Möglichkeit, dass sie und Bret wieder zusammenkamen, mochte sie nicht denken – tatsächlich ängstigte sie dieser Gedanke sogar ein wenig.

* * *

Bret blickte auf, er befand sich im Krebszentrum und signierte Rodeofotos für die Kinder. Diese würde er am nächsten Tag mitnehmen und verteilen, wenn er mit den Kindern sprach, was alles Teil des Programms war, dass er für krebskranke Kinder ins Leben gerufen hatte. Der kleine Sohn eines guten Freundes von ihm, der ebenfalls Bullenreiter war und jahrelang an denselben Wettbewerben teilgenommen hatte wie Bret, war vor einiger Zeit an Krebs erkrankt. Bret hatte auf jede erdenkliche Weise zu helfen versucht, während er mitangesehen hatte, wie sein Freund, dessen Familie und das Kind durchgemacht hatten, was keine Familie jemals durchmachen sollte. Er wusste, dass Familien weiterhin unter dieser schrecklichen Krankheit würden leiden müssen, aber er hatte sich selbst geschworen, dass er alles tun würde, um dabei zu helfen, die optimale Versorgung der Betroffenen sicherzustellen, insbesondere wenn es sich dabei um Kinder handelte. Gott sei Dank hatte die Kombination einer regulären Behandlung mit Methoden zur Stärkung des

Immunsystems Erfolg gezeigt: der Sohn seines Freundes hatte den Krebs besiegt.

Er dachte an die überwältigenden Gefühle zurück, die sie alle verspürt hatten, als sie erfahren hatten, dass der kleine Jeremiah krebsfrei war. Bret hatte im letzten Jahr immer wieder in aller Stille Ausflüge auf die Kinderstationen der Krankenhäuser unternommen. Er hatte signierte Fotos mitgenommen, aber meistens hatte er einfach mit den Kindern gesprochen, ihnen zugehört oder mit ihnen gepuzzelt. Was immer sie wollten. Es ging ihm nicht um Anerkennung, doch als ihm klargeworden war, dass er helfen konnte, Geld für den neuen Krankenhausflügel zu sammeln, da hatte er gerne zugestimmt, an der Benefizveranstaltung mitzuwirken. Er hatte gehofft, dass sein Name dazu beitragen würde, mehr Geld zu sammeln.

Jeremiah und seine Familie waren heute Abend Ehrengäste. Sie wollten seine Geschichte erzählen und hofften, auch auf diese Weise für Spenden sorgen zu können. Als Jeremiah eintraf, wartete Bret bereits auf ihn. Der kleine Junge war ungefähr im selben Alter wie Levis Stiefsohn Toby. Und genauso wie dieser kleine

Junge trug er von Kopf bis Fuß Cowboy Klamotten. Er entdeckte Bret und winkte, dann kam er zu ihm gerannt. Jeremiahs Eltern Jason und Jill folgten ihm mit einem breiten Lächeln.

„Bret! Bret!" Jeremiah warf sich in Brets Arme.

Bret schloss die Augen und hielt den Jungen ganz fest. Er war Jeremiahs Pate und hoffte, eines Tages eigene Kinder zu haben. Doch bevor das geschehen konnte, musste er zunächst eine Frau finden. „Hey, Kleiner. Schön, dass du kommen konntest. Wow, siehst du schick aus in deinem Outfit. Mir gefällt dein Hemd. Und sind das neue Stiefel?"

Jeremiah sah zu ihm auf, grinste und nickte dann. „Ja, die sind neu. Daddy ist mit mir einkaufen gegangen und wir haben ein neues Paar für mich gekauft. Gefällt dir meine Schnalle?"

„Ja, die gefällt mir sehr. Jeder Cowboy braucht eine große glänzende Gürtelschnalle. Deine ist beinahe so groß wie eine Radkappe."

Er legte den Kopf schief. „Was ist eine Radkappe?"

Bret lächelte. „Du weißt schon, am Truck deines Vaters – das Ding in der Mitte des Reifens."

„Ah, das glänzende runde Ding." Jeremiah beäugte seine Schnalle skeptisch. „So groß ist sie aber nicht. Die Reifen von Daddys Truck sind fast so groß wie ich. Mama und ich haben es schwer, in den Truck zu steigen."

„Du hast recht, ich habe dich nur geneckt wegen der Schnalle. Vielleicht sollte dein Vater über einen kleineren Truck nachdenken, wenn du und deine Mama nicht hineinklettern können. Er hat einen ziemlich großen Truck." Neckend zog er an Jason gewandt eine Augenbraue nach oben.

Jill und Jason lachten.

Jill lächelte erst ihn an und blickte dann hoch zu Jason. „Das wird er definitiv tun müssen, da wir gerade herausgefunden haben, dass wir ein weiteres Baby erwarten."

Jason grinste ihn an und Brets Mund klappte auf. „Herzlichen Glückwunsch. Das ist ja großartig. Ich freue mich so für euch. Kumpel, da wirst du definitiv einen niedrigeren Truck brauchen. Auf keinen Fall wird Jill es noch lange schaffen, in den großen hineinzukommen."

„Wir werden uns recht bald darum kümmern, denn so schwer das auch zu glauben sein mag, aber ich mag kleine Kinder sehr viel lieber als die großen Räder meines Trucks."

„Das freut mich, Daddy, denn ich mag dich auch am liebsten." Jeremiah strahlte seinen Vater an.

Brets Herz zog sich vor Dankbarkeit für seine Freunde und diesen entzückenden kleinen Jungen zusammen.

Jason legte seinen Arm um Jill und sah sich um. „Und wir lieben dich. Bret, es sieht so aus, als wären sehr viele Leute gekommen."

Bret lächelte ihn an. „Ja das sind sie. Wir werden die neue Krebsstation für das Krankenhaus bauen können. Alle freuen sich darüber."

„Das ist großartig. Wir können dir gar nicht genug dafür danken."

Bret setzte Jeremiah auf den Boden und stand auf. „Komm. Meine Mom und mein Dad wollen dich begrüßen und anschließend besorgen wir dir etwas zu essen." Er griff nach Jeremiahs Hand und dann gingen sie alle zusammen zu seiner Mutter und seinem Vater hinüber, die neben dem Brunnen im zentralen Bereich des Rosengartens standen. Während er lief, entdeckte er Ellie.

Sie beobachtete ihn und sein Magen zog sich zusammen, als sich ihre Blicke trafen. Er sah die Fragen in ihren Augen und nahm an, dass sie allmählich verstand, dass diese Veranstaltung eine größere persönliche Bedeutung für ihn hatte, als er zugegeben hatte. Insbesondere weil nach dem Aufhängen der Blumenarrangements ein Bild des kleinen Jeremiah zusammen mit dessen Geschichte ausgestellt worden war. Und der seiner Familie. Und wie die Bullenreiter sich hinter sie gestellt hatten, als Jason ohne Versicherung dagestanden hatte, als bei Jeremiah Krebs diagnostiziert worden war.

Seine Eltern, Barbara und Daniel, hatten Jeremiah und dessen Familie kennengelernt, bevor sie sie mit Geld unterstützt und dafür gesorgt hatten, dass der Junge alles bekam, was er brauchte, um wieder gesund zu werden.

„Jeremiah." Brets Vater hob Jeremiah hoch und hielt ihn in die Luft. „Du siehst gut aus, Kleiner."

„Wie sehr ich mich freue, diese rosigen Wangen und das breite Lächeln zu sehen." Barbara klopfte ihm auf den Rücken und lächelte dann Jason und Jill an. „Er sieht toll aus. Was macht seine Energie?"

„Die geht durchs Dach. Wir sind begeistert." Jill lächelte seine Mutter an und sie alle sahen die Erleichterung in ihren Augen, obwohl sie nicht die ganze Geschichte vor Jeremiah erzählen wollte. Ein jeder war erleichtert, dieses gesunde, lächelnde Kind zu sehen mit den rosigen Wangen anstelle bleicher, eingefallener Züge. Er hatte so viel durchgemacht. Wenn man ihn jetzt sah, konnte man sich nur schwer vorstellen, was er – und Jill und Jason – durchgemacht hatten.

Bret schwor sich in diesem Augenblick, seine Bemühungen fortzusetzen. Und als er den Blick von seinen Freunden abwandte, traf er erneut auf den von Ellie. Sie sah weg, aber es war offensichtlich, dass sie ihn beobachtet hatte. Seit ihrem Gespräch am Vortag ging sie ihm nicht mehr aus dem Kopf. Er fragte sich, woran sie wohl dachte.

* * *

Die Wohltätigkeitsveranstaltung war ein großer Erfolg gewesen. Bret hatte nicht erwartet, dass es ein Reinfall würde; er hatte jedoch gehofft, dass es herausragend laufen würde und das war es. Alle anwesenden Freunde und Familienmitglieder waren überaus großzügig gewesen und der neue Flügel des Krankenhauses würde definitiv gebaut werden können. Seine Familie hatte sich ohnehin dazu verpflichtet, dafür zu sorgen, dass er realisiert wurde, aber es war wunderbar mitanzusehen, dass so viele Menschen, die sie kannten – egal ob wohlhabend oder nicht – gaben, was sie konnten, um sicherzustellen, dass ihre Gemeinde einen neuen Krankenhausflügel speziell für krebskranke Kinder bekam. Es war ein geschäftiger Abend gewesen und obwohl er mit jedem Kind Zeit verbracht hatte, das ein Autogramm hatte haben wollen und er auch mit denen gesprochen hatte, die Geld spenden wollten, hatte er doch Ellie im Auge behalten.

Auch sie hatte viel zu tun gehabt. Ihre Mutter hatte sich um den Tisch gekümmert, an dem beständig Frauen über die wunderschönen Blumendekorationen sprachen – zumindest nahm er an, dass es das war, worüber gesprochen worden war. Bisher waren ihm solche Dinge nie aufgefallen, doch aus irgendeinem Grund war es ihm diesmal inmitten des ganzen Durcheianders aufgefallen und er war beeindruckt gewesen. Er wusste, wie viel Ellie beigetragen hatte. Als sie neulich die Blumen abgeholt hatten, war sie voll des Ruhmes für ihre Mutter gewesen, aber ihm war wieder eingefallen, dass seine Mutter gesagt hatte, auch Ellie habe Talent. Und er erinnerte sich daran, dass seine Mutter gesagt hatte, Ellies Mutter würde sich wünschen, ihre Tochter würde nach Hause zurückkehren und ihr helfen, das Geschäft auszubauen.

Würde Ellie das in Betracht ziehen, jetzt wo sie wahrscheinlich ihren Job verlor? Wieder durchfuhren ihn Schuldgefühle. Aber in Anbetracht ihrer Vorgeschichte wollte er auf keinen Fall, dass sie ihn interviewte. Schuld hin oder her, aber er würde nicht mit ihr in seinen Erinnerungen schwelgen, dazu würde es nicht kommen. Sie hatten zu viele Dinge erlebt, die er nicht vor der Öffentlichkeit ausbreiten wollte. Sie fingen gerade wieder von vorne an und er wollte nicht, dass aus irgendwelchen Gesprächen, die sie führen mochten, Missverständnisse entstanden, die die Kluft zwischen ihnen wieder vergrößerten. Das war ihm wichtig.

Es wurde auch getanzt – er hatte jedoch nicht daran teilgenommen. Seine Schulter bereitete ihm aktuell keine Probleme. Seinem Körper ging es an diesem Tag gut. Auch sein Rücken, der manchmal schmerzte, fühlte sich unauffällig an. Nichts davon hätte ihn vom Tanzen abgehalten, wenn er hätte tanzen wollen; er hatte einfach keine Lust gehabt. Ihm war aufgefallen, dass auch Ellie nicht getanzt hatte. Sie hatte in der Küche geholfen und dafür gesorgt, dass das Personal die Vorspeisen servierte, als es Zeit wurde. Sie hatte mehrere Runden Getränke zu den Tischen der verschiedenen Unternehmen gebracht, wenn das Personal gerade mit den Gästen beschäftigt war. Und sie hatte viel Zeit damit verbracht, mit seinen Schwägerinnen zu reden. Er hatte bemerkt, dass sie sich sehr gut zu verstehen schienen.

Ihm war nicht ganz klar, warum ihm das wichtig

war, aber es freute ihn, dass sie Freunde zu sein schienen. Rita war an ihrem Tisch beschäftigt gewesen, an dem sie für ihr neu eröffnetes Fotogeschäft und Hochzeitsplanungsunternehmen warb. Er wusste, wie wichtig diese Veranstaltung für sie war, denn die Akquise von neuen Hochzeiten war wichtig für ein solches Unternehmen. Kunden mit üppigen Budgets und einer langen Gästeliste waren ein extra Bonus. Ellies Mutter würde im gleichen Maße davon profitieren. Er freute sich für die beiden.

Er blickte auf seine Uhr. Es ging auf elf Uhr zu, das Ende der Veranstaltung. Die Band hatte den letzten Tanz angekündigt, und bevor er es sich anders überlegen konnte, schritt er durch den Raum zu Ellie, die gerade mit jemandem sprach, den er nicht kannte.

„Ich unterbreche nur ungern, aber, Ellie, möchtest du tanzen?"

Ihr Gesichtsausdruck spiegelte Erschrecken wieder und er spürte die Röte der Verlegenheit auf seinem Gesicht, als ihm klar wurde, dass sie ihn abweisen würde.

Doch die Frau, mit der sie sprach, lächelte ihn an.

Dann blickte sie zu Ellie. „Ellie, schlage diesem hinreißenden Mann nicht seinen Wunsch ab. Er hat sich so großzügig und liebenswürdig für diese wichtige Sache eingesetzt. Los, macht schon, ihr zwei. Genießt den letzten Tanz." Und mit einem Zwinkern drehte sie sich um und verschwand.

„Ich möchte nicht, dass du nur mit mir tanzt wegen dem, was sie gesagt hat. Ich habe das alles nicht getan, um mit dir zu tanzen. Ich dachte nur, nun ja, wir beginnen ein neues Kapitel unserer Beziehung… vielleicht könnte das ein Tanz unter Freunden sein. Und um zu feiern, dass dies ein phänomenaler Abend war und der Kinderflügel des Krankenhauses nun gebaut werden kann. Ich habe noch gar nicht getanzt heute und dachte, es wäre schön, wenn du mit mir feiern würdest."

Ein Lächeln machte sich auf ihren Lippen breit. „Nun, nach all dem, wäre ich da nicht ein schrecklicher Mensch, wenn ich ablehnen würde? Ich muss sagen, Bret, es war wunderbar."

Er hielt ihr seine Hand hin; sie schob ihre hinein und er zog sie auf die Tanzfläche. Er zog sie nicht an sich, er hielt sie so, wie er seine Schwester halten würde, wenn er eine hätte. Er tanzte ziemlich steif, obwohl er als guter Tänzer galt. Im Laufe der Jahre hatte er an vielen Tanzveranstaltungen teilgenommen, aber dies war nicht der richtige Zeitpunkt, um wild zu tanzen oder sie an sich zu ziehen. Das wäre für sie beide gleichermaßen gefährlich, denn ihm ging es im Moment nur darum, dass sie beide sich miteinander verständigen konnten, ohne sich alles übel zu nehmen. Genau darum ging es. Doch als er ihr in die Augen blickte, als sie ihren Blick auf ihn richtete, da zog sich sein Bauch zusammen und seine Entschlossenheit schmolz ein wenig.

Genau, an etwas anderem war er nicht interessiert.

KAPITEL ZEHN

Ellie legte auf. Das Gespräch war nicht gut verlaufen. Was hatte sie erwartet? Ihr Chef war schrecklich unzufrieden gewesen, weil sie ihn bezüglich des Interviews mit Bret hatte hängen lassen. Eine gewisse Zeit lang hatte sie sich selber eingeredet, dass sie es schaffen würde. Aber eigentlich war ihr in den letzten Tagen bereits klar gewesen, dass sie Bret nicht zu dem Interview drängen würde. Sie hatte gewusst, dass sie ihren Job verlieren würde, und das hatte sie nun.

Sie stand hinter dem Haus ihrer Mutter und seufzte. Sie musste sich einen Plan ausdenken.

Sollte sie nach Houston zurückkehren und sich einen neuen Job suchen oder ihre Sachen packen und wieder nach Hause ziehen? Ihre Mutter würde sich freuen, wenn sie hier leben würde und hatte das deutlich gemacht, ohne Druck auf sie auszuüben. Aber Ellie hatte die Hoffnung in den Augen ihrer Mutter gesehen, die Hoffnung darauf, dass Ellie vielleicht, nur vielleicht, nach Hause kommen und ihr im Geschäft helfen würde.

Aber war es das, was Ellie wollte? Sie wusste es nicht.

Sie ging durch den Garten. Lange hatte sie nicht gewusst, was sie wollte. Oh, sie hatte Bret gewollt, doch dieser Traum war nicht in Erfüllung gegangen. Und dann hatte sie Karriere machen wollen, aber ein großer Teil dieses Wunsches hatte auf Trotz gefußt. Als ihr Traum, Brets Frau zu werden, geplatzt war, hatte sie erfolgreich sein wollen, sie hatte weit weg von hier einen neuen Fokus gebraucht und ihre Karriere hatte einen solchen geboten. In ihrem Kopf erklang das alte Lied „How Do You Like Me Now". Eine Weile hatte sie sich von ihm treiben lassen. Sie hatte sich bis zu einem gewissen Erfolg hochgekämpft. Sie wusste, dass sie viel mehr erreichen könnte, wenn sie am Ball bliebe, aber wollte sie das?

Sie drehte sich um und starrte auf das Land, das von der rückwärtigen Grundstücksgrenze bis zu dem Haus reichte, in dem sie aufgewachsen war. Konnte sie nach Hause zurückkehren und eine Weile bei ihrer Mutter leben? Dieser mit all den Bestellungen helfen, die während der Wohltätigkeitsveranstaltung hereingekommen waren? Sie hatte sich voller Eifer an die Arbeit gemacht, als es darum gegangen war, ihrer Mutter mit den Arrangements zu helfen, und es hatte ihr eine Menge Spaß gemacht. Sie hatte diese Tätigkeit genossen. Die bezaubernden Resultate dessen zu betrachten, was sie und ihre Mutter geschaffen hatten, war in höchstem Maße befriedigend gewesen, und das anschließende Lob und die überschwänglichen Worte hatten sich gut angefühlt, die Tatsache, dass so viele Leute wollten, was sie angefertigt hatten. Ihre Mutter hatte ihr klagemacht, dass dies auf der Mühe fußte, die sie beide investiert hatten; und die Leute wollten nun ihre Blumen für Hochzeiten und besondere Anlässe. Das fühlte sich schön an. Und war vielleicht auch wichtiger als Leute zu interviewen, die Prominente oder sonst was sein mochten.

Sie hatte ihrer Mutter gesagt, sie würde ihr in ein paar Wochen eine Antwort geben. Bis dahin würde sie ihr mit den anfallenden Aufgaben helfen. Das bedeutete, dass sie noch eine Weile hier in True Love, Texas, bleiben würde. Sie wusste, dass Bret nur noch einen Tag hier sein würde, bevor er zum Rodeo zurückkehren würde. Sie hatten den letzten Tanz bei der Benefizveranstaltung getanzt. Seitdem hatte sie nicht mit ihm gesprochen, aber sie wusste, dass er ab morgen wieder unterwegs wäre. Es könnte lange dauern, bis sie ihn wiedersähe, was gut war, denn sie kam allmählich an einen Punkt, an dem sie sich wünschte, ihr Telefon würde klingeln und er sie zum Mittag- oder Abendessen einladen. Aber ihr Telefon hatte nicht geklingelt. Sie hatte keine SMS bekommen, keinen Anruf; er war nicht vorbeigekommen. Und sie wollte auch nicht wirklich, dass das geschah, oder?

Im Moment sollte sie wirklich nicht darüber nachdenken. Sie steckte ihr Handy ein und ging auf das Haus zu. Sie musste zur Arbeit. Sie hatte ihrer Mutter gesagt, dass sie ein bisschen später kommen würde, da sie zunächst telefonieren musste, um ihre Kündigung zu erhalten. Das war vollbracht und jetzt war es an der Zeit, das hinter sich zu lassen und sich an die Arbeit zu machen. Sich den Kopf über Bret Tanner zu zerbrechen, stand nicht auf der Liste der zu erledigenden Dinge.

Ein paar Minuten später war sie in der Stadt. Es war ein Tag wie jeder andere, zehn Uhr. Sie sah, dass der Futtermittelladen am Ende der Straße gut besucht war, die Leute gingen ein und aus und auch das Diner auf der anderen Straßenseite hatte viel zu tun. Die Gäste, die zum Frühstücken gekommen waren, brachen gerade auf und die ersten Mittagsgäste trafen bereits ein. Auf dem Weg war sie am Lebensmittelgeschäft vorbeigekommen, und auch dort war es voll gewesen. Diese kleine Stadt, die früher recht leblos gewesen war, schien heute mehr Menschen zu beherbergen als früher. Und es war Montagmorgen! Ein gewaltiger Unterschied zu ihrem Zuhause in Houston.

Sie stieg gerade aus ihrem Wagen, als sie ein Stück die Straße hinab vor dem Futtermittelgeschäft eine vertraute Gestalt aus seinem Truck steigen sah. *Bret*. Er entdeckte sie ebenfalls und winkte. Sie erwiderte die Geste und versuchte zu ignorieren, wie ihr Puls wie eine entfesselte Flutwelle in die Höhe schnellte.

Fest entschlossen, nicht herumzustehen und ihn

anzustarren, ging sie zur Tür des Blumenladens und streckte eine Hand aus, um die Tür zu öffnen.

„Ellie!"

Sie blieb stehen und drehte sich zu ihm herum, während sie beobachtete, wie er die halbe Straße entlang joggte und dann die letzten Schritte auf sie zuging. Er grinste, als er näherkam. Das Sonnenlicht fiel ihm direkt ins Gesicht und er blinzelte ein wenig dagegen an. *Meine Güte, was für ein wunderschöner Mann.* Er hatte ein jungenhaftes Gesicht und strahlende Augen, auch wenn sie braun waren. Es bestand kein Zweifel daran, dass er ihr Herz noch immer höherschlagen ließ.

„Ich reise morgen ab. Habe ein Rodeo – muss einen Bullen reiten. Wie auch immer, was hältst du davon, heute Abend vielleicht essen zu gehen? Du weißt, dass ich wahrscheinlich eine Weile fort sein werde, und ich habe gehört, dass du bleiben wirst. Und, na ja, um der alten Zeiten willen, was denkst du?"

Er bat sie um ein Date. Ihr gesunder Menschenverstand forderte sie auf, Nein zu sagen. Ihr gesunder Menschenverstand schrie sie förmlich an, Nein zu sagen. „Klar. Klingt gut. Um der alten Zeiten willen."

Er lächelte. „Ja, für uns beide ist dies ein Schritt nach vorn, ich wollte sicherstellen, dass wir es richtig machen, wir uns zu zweit treffen, nur wir beide. Nicht so wie bei unserem letzten Treffen, an einem überfüllten Ort wie bei einer Benefizveranstaltung."

„Das klingt gut. Wann holst du mich ab?"

„Wie wäre es mit halb sieben? Ich dachte, wir verlassen vielleicht die Stadt – vielleicht fahren wir nach Fredericksburg und essen dort etwas… vielleicht in einem dieser Straßenrestaurants. Oder ich gehe mit dir in ein Steakhaus, wenn du das möchtest."

„Nein. Du weißt, dass ich gerne draußen esse, mit Live-Musik."

„Ich selbst mag auch Live-Musik. Es wird ein kühler Abend, das wird also schön. Also dann sehen wir uns um halb sieben. Ich muss noch Viehfutter abholen."

Sie sah ihm nach, als er sich umdrehte und davonging. Sie konnte kaum atmen, so heftig schlug ihr Herz.

Was tat sie da nur?

Warum fieberte sie dem Date an diesem Abend so

sehr entgegen?

* * *

Sie fuhren zu einem Restaurant außerhalb von Fredericksburg, das über Terrassen mit Blick auf den Fluss Guadalupe verfügte. Die kühle Brise trug zur tollen Atmosphäre bei. Ihr Tisch befand sich im hinteren Teil der Terrasse, wo sie recht ungestört sitzen und den Abend genießen konnten, nur sie beide.

Bret sagte sich, dass er es wohl mochte, sich selbst zu bestrafen. Und so sehr er sich auch selbst versicherte, ein Narr zu sein, so sehr hatte er sich doch auf diesen Abend gefreut. Er hatte sich für eine entspannte Location entschieden, da er es nicht mochte, wenn es verkrampft zuging. Hin und wieder musste er einen Anzug anziehen, aber das kam nicht oft vor. Er fühlte sich am wohlsten, wenn er Jeans und Gürtel, Stiefel, Hemd und Hut tragen konnte. Doch er musste sagen, dass Ellie an diesem Abend besonders hübsch aussah in ihrem schwarzen Jumpsuit, den sie mit flachen Sandalen und glitzernden Armreifen und Ohrringen kombiniert hatte. Nicht, dass er darauf hatte achten wollen.

„Hast du die Zeit daheim genossen?", fragte sie ihn.

Während der Fahrt hatten sie sich ein wenig über die Veranstaltung unterhalten, doch sie hatten alle Themen, die problematisch sein mochten zwischen ihnen und alles, was sich darauf bezog, was geschehen konnte, wenn es ihnen gelang, ihre neu aufkeimende Freundschaft zu festigen, vermieden. Doch er wusste, dass der Abend sich nicht entwickeln konnte, wenn sie sich einander nicht öffneten.

„Das habe ich. Ich fühle mich, als würde ich an einem Scheideweg stehen. Ich mache das mit dem Rodeo nun schon so lange, dass ich nicht weiß, wie lange ich noch durchhalten werde oder wie verletzt ich dann schlussendlich sein werde, wenn ich meine Sporen an den Nagel hänge. Dieser Besuch daheim diente nicht nur dazu, bei der Veranstaltung zu helfen. Es ging mir auch darum, mich mit der Realität abzufinden, die ich als meine Zukunft sehe. Erstaunlicherweise habe ich die Zeit daheim sehr genossen. Trotzdem weiß ich nicht, ob ich das den ganzen Tag lang machen möchte, Vollzeit quasi. Aber weißt du, irgendwann wird der Zeitpunkt kommen, an dem es keine Rolle mehr spielt, ob ich es mir vorstellen kann oder nicht – irgendwann wird es Realität sein, dass ich nicht mehr beim Rodeo sein werde. Natürlich kann ich mit dem Geld meiner Familie in Vorständen sitzen oder für eine Stiftung arbeiten. Ich könnte eine eigene Stiftung gründen oder etwas anderes tun, das mit dem Rodeo zu tun hat. Ich werde nicht plötzlich aufhören, ein Teil davon zu sein."

Sie spielte mit den Fingern an ihrem Glas Wasser herum, das die Kellnerin vor sie gestellt hatte. „Ja, manchmal werden uns Ultimaten gestellt, die uns nicht wirklich zufriedenstellen, denen wir uns aber trotzdem stellen müssen. So wie ich in Bezug auf meine journalistische Karriere. Ich muss entscheiden, ob ich versuchen soll, einen anderen Job zu finden, oder ob ich hierbleiben und in das Geschäft meiner Mutter einsteigen möchte. Ich will beides, aber wenn ich nicht meinen Job verloren hätte, würde ich es gar nicht in Betracht ziehen. Manchmal zwingen uns Dinge, die außerhalb unseres eigenen Zutuns liegen, zu einem anderen Blick auf die Gegebenheiten und lassen in uns die Erkenntnis wachsen, dass eine Veränderung gut sein könnte."

Er legte die Finger um sein Wasserglas und führte es an seinen Mund. Er nahm einen Schluck, während seine Augen ihre suchten. *Sie überlegte, zu bleiben.* Sie zog beide Möglichkeiten in Betracht, aber er spürte es, er fühlte, dass sie darüber nachdachte, zu bleiben. *Was bedeutete das für ihn?* Seltsamerweise begann sein Herz zu donnern. „Bereust du irgendetwas in deinem Leben? Ich meine, hast du Hoffnungen oder Träume, die du dir nicht erfüllt hast?" *Warum fragte er sie das?*

„Vielleicht. Ich möchte…" Sie holte tief Luft und er wartete. „Ich möchte über das hinwegkommen, was du und ich hatten, damit ich vielleicht jemanden finden kann, in den ich mich verlieben und mit dem ich eine Familie gründen kann."

Das was sie sagte, fühlte sich wie ein Schlag in die Magengrube an. „Du meinst, du hast noch niemanden gefunden? Oder… ich weiß nicht, was ich sage… hast es nicht gekonnt?" Er bemerkte die schrille Anspannung in seiner Stimme, die er hasste. Hatte sie genauso festgehangen wie er selbst?

„Bevor wir unsere Beziehung in den Sand gesetzt haben, waren wir unsterblich ineinander verliebt. Ich hatte dir mein Herz geschenkt und es war nicht so einfach, das hinter mir zu lassen, wie ich gehofft hatte. Nicht, dass ich mir jemals erhofft oder erträumt hätte, eine solche Entscheidung treffen zu müssen, aber das… was wir jetzt tun… es wird helfen. Es wird mir einen Abschluss ermöglichen. Ich möchte wirklich Kinder. Und ich möchte meine Mutter nicht enttäuschen, aber wenn ich jemanden finden könnte, dann denke ich, dass ich als Hausfrau und Mutter vielleicht sehr glücklich sein würde. Ich glaube, mir fehlt diese Erfüllung. Ich meine, ich mag meine Karriere, aber ich hatte es satt, jeden Abend in meine ruhige Wohnung nach Hause zu kommen. Manchmal ist mir das zu viel, es belastet mich dann. Ich habe einige Freunde, die das absolut mögen, aber je mehr ich darüber nachdenke, was ich noch in meinem Leben will, dann erfüllt mich der Gedanke daran, eine Familie zu haben und Ehefrau und Mutter zu sein, mit der größten Freude." Sie wandte den Blick ab und blickte aufs Wasser.

Er lehnte sich in seinem Stuhl zurück. Er wurde von Gefühlen überschwemmt, als die Bilder dessen, wie er sich sein Leben vor all diesen Jahren vorgestellt hatte, vor seinem inneren Auge dahinglitten: er und sie auf einer Ranch, ihre Kinder großziehend, Rodeo-Kinder vielleicht – lächelnd, glücklich und einander liebend. Sein Herz zog sich zusammen und seine Kehle schmerzte wegen all der Dinge, die nicht geschehen waren, und in Anbetracht dessen, was sie gesagt hatte, wahrscheinlich auch nie geschehen würden. Sie suchte nach jemand Neuem und er musste das Gleiche tun. Sie hatte recht – sie mussten dieses Kapitel abschließen und weitergehen. Aber so sehr er es auch versuchte, in diesem Film vor seinem inneren Auge konnte er sich niemand anderen vorstellen als sie.

Er lächelte. „Ich verstehe dich. Vielleicht wird das gut für dich sein und dir helfen, voranzukommen… zu bekommen, was du willst."

Die Kellnerin kam natürlich genau in diesem ungünstigen Moment. Aber vielleicht war es auch der perfekte Moment, denn er brauchte etwas Zeit, um seine Gefühle in den Griff zu bekommen und zum Schweigen zu bringen. Er bestellte ein Steak und sie ein Lachsgericht und die Kellnerin entfernte sich wieder.

„Morgen werde ich gleich früh aufbrechen und

mich beim Rodeo einfinden. Wenn ich dieses Jahr das NFR gewinnen will, muss ich weiterhin Punkte sammeln, um sicherzustellen, dass ich nicht von einem jungen Typen geschlagen werde, weißt du?"

Ernst blickte sie ihn an. „Ich hätte nie gedacht, dass ich dich mal diese Worte sagen höre. Immer warst du der junge Typ, der vorhatte, jeden Top-Bullenreiter des Landes von seinem Podest zu stoßen, und das ist dir gelungen. Die Zeit ist wie im Flug vergangen, nicht wahr?"

„Ja. Es kam mir immer so vor, als hätte ich ein Leben lang Zeit, bevor ich diese Entscheidung würde treffen müssen. Und wenn ich ehrlich bin – es kommt mir vor, als würde ich das ein ums andere Mal sagen – dann war meine Karriere nicht ganz so, wie ich sie mir vorgestellt habe. Ich liebe es. Aber ich mag den Asphalt nicht – ich bin ständig auf Reisen, immer unterwegs. Ich hatte…" Er hielt inne. Er hatte zu viel gesagt.

„Was?", fragte sie.

„Nichts. Ich denke, ich habe genug gesagt. Also, habt ihr viele Bestellungen erhalten? Habt ihr, nicht wahr?"

Sie brachten das Gespräch wieder in sicheres

Fahrwasser.

„Ja. Mom meinte, das Telefon hat heute ohne Unterbrechung geläutet. Wir wurden für Hochzeiten gebucht und mehrere Bräute haben uns darüber hinaus angefragt. Für Hochzeiten und andere Veranstaltungen. Andere Wohltätigkeitsveranstaltungen sind auf uns aufmerksam geworden – es wurde viel in den sozialen Medien berichtet. Rita ist eine tatkräftige Person. Und sehr gut in Bezug auf die sozialen Medien. Ihr wird es an nichts fehlen. Sie weiß, wie man auffällt.“

„Das ist gut. Für euch wird es also nicht langweilig, oder?“

„Nein.“

Ihre Salate wurden gebracht und sie aßen und nippten an ihrem Tee. Sie erzählte von ein paar amüsanten Aufträgen, die sie gehabt hatte, und er gab ein paar Geschichten zum Besten, als es ziemlich knapp für ihn gewesen war. Er hatte das Gefühl, dass ihr im Moment genauso viel im Kopf herumging wie ihm. In seinem Kopf tobte ein regelrechtes Tauziehen. Doch er würde es schaffen, den Mund zu halten. Er musste seinen Wunsch und die Sehnsucht danach, sie in seine Arme ziehen zu wollen, in den Griff bekommen. Er hätte sie gern gebeten, noch einmal gemeinsam das zu versuchen, was sie zuvor gehabt hatten. Doch das konnte er nicht.

Nach dem Abendessen machten sie sich auf den Weg nach Hause. Die Straßen waren dunkel. Es war keine unangenehme Heimfahrt, aber im Inneren des Wagens wurde nicht gesprochen. Die Stille schien um sie herum widerzuhallen und er wusste nicht, was er dagegen tun sollte. Er würde morgen abreisen und wusste nicht genau, wann er zurückkommen würde.

Sie hatten ungefähr die Hälfte des Weges zurückgelegt, als sie sahen, dass vor ihnen etwas nicht stimmte. Ein Auto stand in einem seltsamen Winkel am Straßenrand, daneben stand ein Mann und winkte. Sie fuhren nicht auf der Hauptstraße, sondern auf einer der kleinen Landstraßen, hier kamen nicht gerade viele Leute vorbei.

Bret lenkte den Wagen sofort an die Seite. „Sir, womit kann ich Ihnen helfen? Stimmt etwas nicht?"

„Meine Frau. Sie bekommt ein Baby."

KAPITEL ELF

Ellie eilte hinter Bret her. Der junge Cowboy wirkte extrem angespannt, als sie auf das Auto zuliefen, in dem auf dem Rücksitz tatsächlich eine junge Frau mit einem ausladenden Bauch saß. Ellie hatte noch nie ein Kind zur Welt gebracht. Aber so wie die Frau keuchte und sie mit schmerzverzerrtem Gesicht anstarrte, hatte Ellie nur wenig Zweifel daran, dass hier bald eines das Licht der Welt erblicken würde. Sehr bald. Sie sah Bret an, und zu ihrer Überraschung wirkte er so ruhig wie ein Arzt, der das schon eine Million Mal gemacht hatte. „Bret, was sollen wir tun?"

Er blickte den jungen Mann an und legte ihm eine Hand auf die Schulter. „Okay, wie heißt du?"

„Dennis. Und das ist meine Frau Gabriella."

„Okay, Dennis und Gabriella, wir schaffen das. Du

hast die 911 angerufen, richtig?"

„Das habe ich, aber ich glaube nicht, dass sie es rechtzeitig schaffen werden. Wir sind hier zu weit draußen in der Pampa."

„Das ist okay. Solange sie unterwegs sind, ist es in Ordnung. Okay, Ellie, du gehst zum Rücksitz meines Trucks und öffnest den Koffer, den ich bereits gepackt habe und holst ein paar meiner Shirts oder etwas ähnliches. Ich habe die Vermutung, wir werden etwas brauchen, in das wir ein Baby wickeln können. Meine Rodeo-Ausrüstung enthält einen Erste-Hilfe-Kasten… wir werden ein paar Dinge daraus benötigen. Und auf der Ladefläche meines Trucks befindet sich eine Kühltruhe. Dennis, geh du dorthin und hole uns ein paar Flaschen Wasser – sie befinden sich in der Box. Und wenn du nichts dagegen einzuwenden hast, werde ich versuchen, dieses Baby zur Welt zu bringen. Ich habe in meinem Leben schon vielen Kälbchen auf die Welt geholfen, aber um ehrlich zu sein, habe ich noch nie ein Baby entbunden. Aber ich weiß, was man mit der Nabelschnur macht und wie man sie auffängt. Gabriella, dein Gesichtsausdruck verrät mir, dass du dich bereit machst, zu pressen, nicht wahr?“

Die junge Frau schnappte nach Luft und nickte. Tränen liefen über ihr Gesicht. „Das stimmt. Ich kann es spüren. Ich habe noch nie ein Baby zur Welt gebracht, aber ich habe das Gefühl, dass es kommt.“ Sie verzog das Gesicht und stöhnte, als sich ihr Bauch sichtbar zusammenzog. Sie hielt sich mit einer Hand an der Rückbank des Autos fest und es war nicht zu übersehen, dass sie Wehen hatte.

„Halt durch, Schatz.“ Er starrte Bret an. „Warte mal – du bist Bret Tanner. Du bist der NFR-Bullriding-Champion.“

Bret grinste. „Ja, genau der bin ich. Und außerdem bin ich drauf und dran, die Hebamme für deine reizende Frau zu sein.“

Ellies Herz war tief gerührt von Brets ruhigem Verhalten und seinem lockeren Umgang mit dem jungen Mann, der zu Tode erschrocken war.

Ihre Gedanken wirbelten umher, Bret war der Mann, den sie vor all den Jahren geliebt hatte. Sie drehte sich um und eilte auf den Truck zu. Sie wollte nicht noch mehr Zeit verlieren und noch weniger wollte sie, dass

Bret einen Hinweis darauf entdeckte, wie sehr er sie gerade gerührt hatte. Sie öffnete eine der hinteren Türen seines großen, teuren Trucks. Die Sitze waren hochgeklappt und seine Rodeotasche und sein Koffer lagen auf dem Boden. Sie öffnete die Tasche und holte das Erste-Hilfe-Set heraus, dann öffnete sie den Koffer und entdeckte einen Stapel T-Shirts. Sie hatte den kleinen Koffer auf dem Weg ins Restaurant bemerkt. Er hatte ihr erklärt, dass er schon gepackt habe, weil er früh am nächsten Morgen abreisen würde.

Das würde eine lange Nacht werden, fürchtete sie, und er würde müde sein. Doch das war es wert, schließlich würde er ein Baby zur Welt zu bringen. Sie betete, dass alles gut ging. Sie hatte Vertrauen in ihn und offensichtlich hatte auch er Vertrauen in seine Fähigkeiten. Das war so eine Sache an Bret – bei allem, was er tat, schien er sich sicher zu sein. Er gab immer alles. Hatte er stets – außer als es um sie beide gegangen war.

Sie schnappte sich ein paar seiner T-Shirts, die häufig getragen waren und sich weich anfühlten. Sie wollte das Weichste, das sie finden konnte, für das

Baby. Sie nahm an, dass sie alle ruiniert werden würden, aber es war für einen guten Zweck. Mit vollen Armen eilte sie zurück zu dem anderen Auto.

Dennis joggte neben ihr her, die Arme voller Wasserflaschen.

„Ich kann es immer noch kaum glauben, dass ihr vorbeigekommen seid. Ich bin so dankbar. Und ich kann nicht glauben, dass Bret Tanner mein Baby zur Welt bringen wird. Das werde ich nie vergessen. Glaubst du, alles wird gut werden?"

Sie lächelte ihn im Scheinwerferlicht des Trucks an. „Bret Tanner wird alles geben, und du weißt, wie er ist, wenn er diese Bullen reitet. Wenn er sich völlig auf eine Sache konzentriert, dann ist er in aller Regel erfolgreich. Ich glaube ihm, er hat wirklich schon viele Kälber auf die Welt gebracht – das ist nicht unbedingt das Gleiche, aber er hat mehr Erfahrung als ich. Wenn ich ehrlich bin, ich wäre äußerst dankbar, wenn ich an der Stelle deiner Frau wäre, wenn jemand wie Bret vorbeikäme."

Dennis blickte erleichtert drein und nickte zitternd. „Gut, gut. Das habe ich auch gedacht. Das hatte ich gehofft. Ich meine, ich sehe mir ständig an, wie er reitet. Ich bin ein großer Fan. Es ist nur – du weißt schon, es ist mein Baby, und ich wurde einen Moment nervös. Ich weiß, dass ich das nicht könnte. Zumindest glaube ich nicht, dass ich es könnte. Als wir geheiratet haben, hätte ich im Traum nicht gedacht, dass ich mit so etwas konfrontiert werden würde. Das Baby ist etwa vier Tage zu früh. Gott sei Dank ist sie schon so weit. Aber deswegen sind wir noch nicht im Krankenhaus. Als wir vor zwei Tagen beim Arzt waren, sah unser süßes kleines Mädchen noch nicht so aus, als würde es bald kommen. Der Arzt hat gemeint, es würde noch ein paar Tage dauern."

Sie waren wieder beim Auto angekommen und sie sah, dass Bret auf den Rücksitz geklettert war und ruhig mit der jungen Frau sprach, während er sich in Position brachte. Sie reichte ihm ein paar Shirts. „Die kannst du unter sie legen oder dort auf den Sitz – sie werden helfen. Und ich habe noch ein paar hier, für das Baby."

Er blickte jeden von ihnen an. „Vielen Dank. Ihr zwei – ihr drei – ich glaube, es geht los… ich kann bereits den Kopf sehen. In Ordnung, meine Liebe, bist du bereit? Ich denke, wir sollten uns jetzt ans Pressen machen, okay?"

Ellie stand wie versteinert da, als sie und Dennis mitansahen, wie Gabriella ihr Kind zur Welt brachte.

Bret nahm das kleine Baby in seine Hände. Seine großen, breiten Bullenreiter-Hände kümmerten sich um das süße, kleine Baby und sorgten dafür, dass es noch winziger wirkte, als es ohnehin war. Er grinste sie über seine Schulter hinweg an. „Sie sieht gut aus." Innerhalb weniger Augenblicke hatte er das Baby von seiner Mama getrennt. Sie wickelten das Kleine in Shirts und hörten in der Ferne bereits, wie die näherkommenden Sirenen die Dunkelheit der stillen Nacht durchbrachen.

Es war eine unglaubliche Nacht. Später, nachdem er den Sanitätern Platz gemacht hatte, grinste er Ellie breit an. Ihr Herz donnerte und ihre Welt drehte sich. Sie steckte in großen Schwierigkeiten.

„Ich kann kaum glauben, dass ich gerade ein Baby zur Welt gebracht habe." Er streckte eine seiner breiten Hände aus und sie sah, dass diese ganz leicht zitterte. „Es hat mich ein wenig nervös gemacht. Sonst werde ich nie nervös und ich konnte den beiden auch nicht zeigen, dass ich nervös war."

„Ich glaube nicht, dass ich dich schon einmal nervös erlebt habe. Du steigst auf den Rücken dieser riesigen Bullen und bist so ziemlich die ruhigste Person, die ich je gesehen habe. Aber ich verstehe, dass es einen nervös machen kann, ein so kleines Häufchen Leben in den Händen zu halten. Zum Glück warst du nicht so nervös wie Dennis."

Beide grinsten.

„Nein, zum Glück hat mir Gott geholfen, ruhig zu bleiben. Meine Güte, was für eine Nacht."

Sie lächelte ihn an. „Ja, was für eine Nacht. Bret, das hast du gut gemacht. Richtig gut. Ich bin so stolz auf dich."

Er streckte eine Hand aus und berührte für einen winzigen Augenblick ihren Kiefer mit den Spitzen seiner Finger, die er gewaschen und desinfiziert hatte, nachdem die Sanitäter eingetroffen waren. „Danke. Auch dafür, dass du selbst wie ein Fels gewesen bist. Du hast Dennis geholfen, ruhig zu bleiben, und das war gut."

„Ich habe nicht annähernd das getan, was du getan

hast, aber ich bin froh, dass ich hier war, um ein bisschen zu helfen. Was für ein tolles Paar."

„Ja, das ist ein verdammt guter Anfang für sie."

„Ja. Eine neues Kind mit so viel Aufregung in der Welt zu begrüßen… von jetzt an wird alles andere für sie ein Spaziergang."

Er lächelte. „Das hoffe ich. Wenn ich an seiner Stelle gewesen wäre, dann wäre ich glaube ich nicht so ruhig gewesen wie jetzt, als ich das Baby eines anderen zur Welt gebracht habe. Wenn ich mit meiner Frau am Straßenrand liegengeblieben wäre, die jeden Augenblick unser Kind zur Welt bringt, dann wäre ich wahrscheinlich auch ausgeflippt."

Plötzlich schmerzte ihr Herz. Wenn es zwischen ihnen noch immer so gewesen wäre wie vor Jahren, dann hätte er sie damit gemeint, die auf dem Rücksitz ihres Autos gesessen und ihr gemeinsames Kind erwartet hätte. Aber das würde niemals geschehen.

* * *

Bret hatte ein Baby zur Welt gebracht. Er mochte ja so

getan haben, als wäre er nicht nervös gewesen, aber das war er gewesen – nervöser als jemals zuvor in seinem Leben. Ein kleines, kostbares Baby zur Welt zu bringen war nicht dasselbe wie einem Kalb auf die Welt zu helfen, egal wie sehr er betont habe, er sei in der Lage, ein Baby zur Welt zu bringen, weil er schon häufig Kälbchen geholt hatte. Nein, es war ihm lediglich darum gegangen, Ruhe in die Situation zu bringen, was ihm zum Glück auch gelungen war. Außerdem hatte es ihn selbst beruhigt.

Nun stand er neben Ellie und gemeinsam beobachteten sie, wie die junge Mutter und das Baby – Gabriella und Baby Grace – in den Krankenwagen gehoben wurden. Dennis hatte Tränen in den Augen, als er sich umdrehte und unbefangen seine Arme um Bret warf und ihn fest umarmte und ihm überschwänglich dafür dankte, seine Frau und sein Baby gerettet zu haben. Und dafür, dass er überhaupt hier vorbeigekommen war und dafür, dass er so ein toller Typ war. Dann rannte der frischgebackene Papa zu seinem Auto und folgte dem Krankenwagen die Straße entlang.

Bret stand kurz davor, von seinen eigenen Gefühlen übermannt zu werden. Noch nie hatte er ein so herzliches Dankeschön für etwas erhalten, aber er hatte auch noch nie etwas so Wichtiges vollbracht wie das, was er in dieser Nacht getan hatte. Er war ehrfürchtig und demütig. Er konnte sich nicht vorstellen, jemals wieder etwas in seinem Leben zu tun, dass sich ebenso wichtig anfühlen würde.

„Du warst wunderbar, Bret."

Ellies leise Stimme in der Dunkelheit, nachdem die Lichter des Krankenwagens hinter der nächsten Kurve verschwunden waren, ließ ihn tief Luft holen, bevor er sich zu ihr umdrehte. „Ich habe nur getan, was getan werden musste. Ich danke dir, dass du in dieser unruhigen Situation geholfen hast, Ruhe zu bewahren."

Sie schenkte ihm ein zärtliches Lächeln, das sein Herz berührte. „Du hast mich nicht gebraucht, Bret. Du warst unglaublich, genau wie Dennis es in seiner süßen, emotionalen Dankesrede gesagt hat. Ich habe sogar zu weinen begonnen."

„Ich hätte selbst beinahe geweint. Es war wundervoll. Nicht ich – die ganze Situation war außergewöhnlich. Und denk mal darüber nach: Gott hat dafür gesorgt, dass wir zu dieser Zeit auf gerade dieser Straße unterwegs waren, damit wir helfen konnten, dieses Baby auf die Welt zu bringen. Ich glaube nicht, dass das Zufall war. Er hat uns hierhergebracht, und diese Tatsache macht mich ganz demütig."

„Das glaube ich. Mich macht es auch demütig, aber ich habe dir lediglich ein paar T-Shirts aus deinem Koffer gereicht. Alles andere hast du getan. Es war unbegreiflich und ich schätze, wir können die ganze Nacht hier stehen bleiben und uns das ein ums andere Mal sagen. Ich denke nur…"

„Was?" Er vernahm Sehnsucht in ihrer Stimme.

Sie blickte in die Dunkelheit, in die der Krankenwagen verschwunden war und sagte: „Es hat in mir nur den Wunsch verstärkt, eine eigene Familie zu wollen. Ich habe so viel verpasst. Ich wünsche mir so sehr eine Familie."

„Ich auch."

Sie starrten einander an, keiner von ihnen fügte dem noch etwas hinzu. Er fragte sich, was sie dachte. Er fragte sich, ob sie dieselben Dinge bereute wie er. Jetzt war nicht die Zeit, darüber zu sprechen; sie machten gerade große Schritte in Richtung eines Neuanfangs – einer Freundschaft – und er durfte nicht zulassen, dass dieses wundersame Ereignis, das in dieser Nacht geschehen war, den zarten Fortschritt ins Stocken brachte.

„Ich schätze, dann wissen wir wohl beide, dass wir weitermachen müssen, damit jeder von uns eine Familie haben kann. Ich bin froh, dass wir uns entschieden haben, unsere Vergangenheit hinter uns zu lassen. Jetzt blicken wir in die Zukunft."

„Ja, das klingt gut."

„Ich muss morgen früh raus. Ich fahre mit diesem Wagen nach Denver anstatt zu fliegen. Ich muss morgen Abend dort sein, deswegen muss ich früh aufstehen."

„Natürlich. Dann fahren wir besser zurück."

Das hatte er bereits alles gesagt, denn sie hatten ins Krankenhaus fahren wollen um das Baby zu sehen, aber sie hatten sich auch nicht zu sehr aufdrängen wollen. Also hatten sie Dennis gesagt, dass sie in Kontakt bleiben würden, als er sie gebeten hatte, noch mit ins Krankenhaus zu kommen. Und wenn Bret vom Rodeo zurückkäme, könnte er vielleicht vorbeikommen und nach dem Baby sehen. Dem hatte Dennis mit frohem Herzen zugestimmt.

Sie gingen zurück zum Truck. Er hielt Ellie die Tür auf, als sie hineinkletterte und schloss sie dann, er verweilte nicht, streckte sich nicht und berührte nicht ihre weiche Wange, so sehr er das auch tun wollte. Genauso sehr sehnte er sich danach, diese hübschen Lippen zu küssen. Es ließ sich nicht bestreiten, dass er das tun wollte – schrecklich gern sogar. *Nein*. Er ging um den Truck herum, kletterte auf den Fahrersitz und machte sich ohne ein weiteres Wort auf den Weg nach Hause.

KAPITEL ZWÖLF

Ellie betrat das Restaurant in Fredericksburg und entdeckte Tulip Tanner und Rita Tanner an einem Tisch auf der anderen Seite des Raums. Die beiden warteten schon auf sie und lächelten, als sie sich durch das Restaurant schlängelte, um sich zu ihnen zu setzen. Sie hatten bereits ein Glas Wasser neben ihren Servietten stehen. Fast eine ganze Woche war vergangen, seit sie und Bret gemeinsam unterwegs gewesen waren und ein Baby zur Welt gebracht hatten. Nun ja, Bret hatte ein Baby zur Welt gebracht – sie hatte nur ehrfürchtig dreinschauend danebengestanden.

Es war eine verrückte Woche gewesen. Sie und ihre Mutter hatten sich in die Arbeit gestürzt und irgendwann hatte sie überrascht festgestellt, dass ihre Mutter den neu entstehenden Geschäftszweig, der an

Hochzeitsplanung und Fotografie anknüpfte, in ihre Richtung schob. Ihre Mutter hatte beteuert, dass sie ihr vertraute und wollte, dass sie sich darum kümmerte und dass sie es zufrieden war, im Laden zu sein und hinter den Kulissen zu wirken. Dort wollte sie sein. So seltsam das zunächst klang, nachdem ihre Mutter so sehr darauf hingearbeitet hatte, das Unternehmen zu vergrößern, war es doch offensichtlich für Ellie, dass ihre Mutter es ernst meinte.

Ellie fragte sich, ob das von Anfang an der Plan ihrer Mutter gewesen war, ob sie das Geschäft für Ellie ausgebaut und es um die spannenderen Themen Hochzeiten und Partys erweitert hatte, anstatt sich nur um Beerdigungen zu kümmern. Gerade in einer so kleinen Stadt war es schwer, wenn Freunde und Familienmitglieder starben und beständig von Trauergestecken umgeben zu sein, hatte Ellie deprimiert. Blumenarrangements für Hochzeiten und Partys zusammenzustellen gab dem eher einseitigen Geschäft ihrer Mutter eine neue, glücklichere Ausrichtung.

Das neue Projekt bot Ellie faszinierende, neue

Möglichkeiten und hatte auch eine äußerst vergnügliche Seite, da sie sich häufig mit Rita treffen würde, genauso wie mit Tulip, die mit ihren Fähigkeiten in der Landschaftsgestaltung ebenfalls kreativ tätig war und sich ihnen angeschlossen hatte. Gemeinsam warfen sie ihre Talente und Fähigkeiten zusammen und bildeten eine Art Partnerschaft. Die Idee begeisterte Ellie. Außerdem mochte sie beide Frauen sehr und freute sich darüber, dass sie eher eine Freundschaft als eine reine Geschäftsbeziehung zu schmieden schienen. Nur die Tatsache, dass beide Frauen mit Tanner-Brüdern verheiratet waren und sie selbst eine Vorgeschichte mit einem der Tanner-Brüder hatte, verkomplizierte die Situation ihrer Meinung nach ein bisschen. Ein Teil der Komplikation bestand darin, dass sie keine Ahnung hatte, wo sie und Bret im Augenblick standen.

Er war am nächsten Tag abgereist und nach Denver gefahren, wo am folgenden Abend das Rodeo stattfinden sollte. Ihr Telefon hatte gegen halb elf nach einer kurzen SMS geklingelt, in der er sich erkundigt hatte, ob sie noch wach war. Sie hatte ihm dies bestätigt und er hatte angerufen. Merkwürdigerweise hatten sie dann ungefähr eine Stunde lang miteinander gesprochen, über seinen Sieg an diesem Abend und darüber, dass er immer noch nicht verarbeitet hatte, ein Baby zur Welt gebracht zu haben, und wie wundervoll das gewesen war. Dann hatte sie aufgelegt und war eingeschlafen, was ihr bis zu seinem Anruf an diesem Abend nicht vergönnt gewesen war. Sie hatte sich gefragt, wie er beim Rodeo abgeschnitten hatte. Er war in ihren Gedanken präsent gewesen und sie war froh, dass er angerufen hatte, denn diese Veranstaltung war nicht im Fernsehen übertragen worden. Sie hatte sich für ihn gefreut, als sie erfahren hatte, dass er gewonnen hatte. Und dass er unverletzt geblieben war und es seiner Schulter gutging.

Am folgenden Abend hatte er angerufen, als er auf dem Weg zum nächsten Turnierort gewesen war. Das war einer der Gründe dafür, warum er den Truck genommen hatte. Seine nächsten Rodeos befanden sich in einer Entfernung zueinander, die sich mit dem Truck zurücklegen ließ. Er zog das Autofahren dem Fliegen vor. Und er mochte es, seinen eigenen Wagen zu fahren, wenn er konnte. Er war ein Gewohnheitstier, daran erinnerte sie sich.

Und dann hatte er letzte Nacht erneut angerufen. Sie redeten nur freundschaftlich miteinander – genau, das war es… sie redeten nur. Aber es überraschte sie, wie leicht es ihnen gefallen war, wieder miteinander zu kommunizieren, nachdem sie sich darauf verständigt hatten, ihre gemeinsame Geschichte hinter sich zu lassen. Und heute aß sie mit seinen Schwägerinnen zu Mittag. Sie beschlich diesbezüglich ein etwas seltsames Gefühl, schließlich hatte sie einmal geglaubt, auch sie würde eine der Tanner-Frauen werden.

„Wir freuen uns so sehr, dass du es einrichten konntest!", sagte Rita, als sie sich setzte.

„Das wird ein einziges großes Abenteuer für uns alle." Tulip lächelte, während sie einen Schluck Wasser trank, ihre Augen tanzten. „Nachdem wir veröffentlicht hatten, dass wir unsere Talente zusammenwerfen, habe ich mehrere Anrufe von Leuten erhalten, die möchten, dass ich ihre Gärten in Vorbereitung für Hochzeiten neugestalte. Wir können also daran arbeiten, die Fotografien, Blumen und sogar die Hochzeitsplanung selbst für solche Veranstaltungen zu übernehmen."

„Ich freue mich sehr und es ist wunderbar, dass du solche Anrufe bekommst. Ich kann es kaum abwarten. Ich bin überglücklich, dass ich mich entschieden habe, meiner Mom zu helfen, zumindest für den Moment."

Beide sahen leicht beunruhigt drein. Sie warfen sich Blicke zu, dann sprach Rita zuerst. „Du weißt also noch nicht genau, ob du damit weitermachst? Ich denke einfach, es wäre wunderbar."

„Ich wollte euch nicht erschrecken, aber ursprünglich habe ich nur zugestimmt, Mom etwas auszuhelfen. Dann wollte sie, dass ich mich mit euch zusammensetze und ich bin begeistert von dieser Idee. Ich denke, es wird unglaublich. Aber nein, ich habe mich noch nicht final entschieden, ob ich mich wieder dem Journalismus zuwende oder vielleicht etwas anderes tue, das mit Schreiben zu tun hat. Aber ich bin sehr aufgeregt wegen diesem Projekt, also wer weiß? Wir werden sehen."

„Nun, mehr können wir nicht verlangen." Tulip lächelte sie an. So eine angenehme Person – sie wirkte immer positiv.

Positiv – Ellie musste selbst auch positiver denken.

Sie mochte die Idee und sie mochte die beiden, also warum hatte sie das gerade sagen müssen. Warum zögerte sie noch, sich auf das Projekt einzulassen?

Natürlich wusste sie, dass es an dieser gewissen Komplikation lag – ihrer Beziehung zu Bret und der Ungewissheit, ob es ihnen gelingen würde, eine Freundschaft aufzubauen. Und was wäre, wenn es bei dieser Freundschaft bliebe. Wenn er voranschritt und jemand neues kennenlernte, würde sie in der Lage sein, das mitanzusehen? Würde sie in True Love, Texas bleiben und ihn mit seiner wahren Liebe beobachten, die nicht sie wäre? Das würde der entscheidende Faktor sein.

„In Ordnung, dann lasst uns vorerst einfach nicht darüber nachdenken. Erst einmal geht es darum, alles zum Laufen zu bringen. In Anbetracht all der Bestellungen und Anfragen freue ich mich darauf, es anzugehen."

„Wir sind auch gespannt." Rita lachte. Sie schlug die Speisekarte auf, als die Kellnerin auf sie zukam. „Ich nehme den Erdbeer-Pekannuss-Spinat-Salat, bitte mit Himbeer-Vinaigrette und Hähnchen."

Sie bestellten und fühlten sich optimistisch und glücklich. Nachdem die Kellnerin gegangen war, besprachen sie einige der bevorstehenden Veranstaltungen. Eine würde bereits am folgenden Wochenende stattfinden. Eine große Hochzeit, für deren Vorbereitung noch genügend Zeit blieb, war auch bereits gebucht, des Weiteren standen mehrere kleine Wohltätigkeitsveranstaltungen an, die sie gut bewältigen konnten. Sie glichen ihre Kalender ab. Als das Essen kam, hatten sie ihre Kalender bereits zugeklappt und vereinbart, dass Rita ihren gemeinsamen Kalender koordinieren würde, und dann legten sie das Geschäftliche beiseite, um sich dem Essen zu widmen.

Nachdem Rita ein paar Bissen zu sich genommen hatte, legte sie ihre Gabel beiseite und nahm einen Schluck von ihrem Zitronenwasser. „Also, Levi hat mir erzählt, dass Bret erwähnt hat, dich angerufen zu haben. Ich meine, es macht Sinn, dass ihr miteinander sprechen wollt, schließlich habt ihr gemeinsam dieses süße Baby zur Welt gebracht. Wir wissen nicht wirklich viel, denn alle sind sehr verschwiegen, wenn es um dieses Thema geht, aber wir wissen zumindest, dass du und Bret mal miteinander ausgegangen seid, richtig ernsthaft, nicht wahr?"

Auch Tulip hatte ihre Gabel abgelegt, trank nun einen Schluck Wasser und tupfte sich dann mit der Serviette den Mund trocken. „Wir wollen dir nicht zu nahekommen, aber wir sind ein wenig neugierig. Auf der Benefizveranstaltung neulich sah es so aus, als könnte da noch etwas zwischen dir und Bret sein."

Da war sie wieder, diese Komplikation. Sie zögerte und überlegte, wie um alles in der Welt sie darauf am besten antworten sollte. Die beiden waren das, was Freunden im Moment am nächsten kam. Sie war zwar hier in True Love zur Schule gegangen – eine sehr kleine Schule – aber die meisten ihrer Klassenkameraden waren weitergezogen. Nicht viele Menschen blieben nach ihrem Abschluss hier. Daher gab es in ihrem Leben nicht besonders viele Menschen, die tatsächlich wussten, wie lange sie mit Bret zusammen gewesen war.

„Ja, wir waren Freunde und haben uns schon während der High School zueinander hingezogen gefühlt, haben aber erst am Ende des Jahres nach der High School angefangen, miteinander auszugehen. Die Arbeit auf der Ranch und das Rodeoreiten haben ihn sehr in Anspruch genommen."

„Mein Toby beginnt dieses Jahr mit der Schule – ihr wisst schon, mit dem Kindergarten – und es ist eine sehr kleine Klasse. Auch wenn sie immer noch größer ist als die Abschlussklasse. Sie scheinen weniger zu werden, wenn die Kinder heranwachsen. Ich schätze, sie ziehen um und solche Sachen."

„Ich bin dort alle zwölf Jahre zur Schule gegangen, genauso wie die Tanner-Jungs." Sie hatte die Frage noch nicht beantwortet, doch vielleicht hatte sie Glück und sie würden das Thema wechseln, jetzt, wo sie ein wenig darüber gesprochen hatten. Sie erkannte, dass sie nicht solches Glück hatte, als Rita lächelte.

„Ihr seid also ernsthaft miteinander ausgegangen und habt euch dann getrennt? Aus dem zu schließen, was Levi gesagt hat, dachte er, dass ihr vielleicht heiraten würdet."

„Stimmt. Das hatten wir auch gedacht. Aber wisst ihr, manchmal laufen die Dinge einfach nicht so, wie man sie sich vorgestellt hat. Wir waren jung und Bret hatte das NFR im Kopf, und wenn er sich ein Ziel steckt, dann tut er alles dafür."

Erneut tauschten Rita und Tulip einen Blick aus.

Um sich nicht unbehaglich zu fühlen, nahm Ellie einen Bissen von ihrem Salat. Er war köstlich. Und frisch. Die Vinaigrette war unglaublich und die kandierten Pekannüsse gemischt mit dem Spinat und dem gegrillten Hähnchen ergaben eine vorzügliche Mahlzeit. Doch das reichte nicht, um das unangenehme Gefühl zu vertreiben, das sie verspürte, als ihre beiden neuen Freunde den Blick schließlich wieder auf sie richteten.

Tulip streckte die Hand aus und tätschelte ihre Hand. „Liebe ist kompliziert, nicht wahr? Ihr wart noch zu jung, er hatte Hoffnungen und Träume, eure Liebe hat das nicht ganz geschafft. Was ist mit jetzt?"

„Es gibt kein Jetzt. Wir haben gerade erst die Unannehmlichkeit unserer Situation überwunden. Ich glaube, wir sind beide reifer geworden."

Rita lächelte und ihre Augen funkelten. „Eins kannst du mir glauben, ich kenne mich mit unreifem

Verhalten aus. Ich habe meinen ersten Mann aus Unreife und Dummheit geheiratet. Er war ein Idiot, und obwohl mein Toby ein Segen ist, der aus dieser desaströsen Ehe hervorgegangen ist, so muss ich doch sagen, dass Jugend manchmal der Klarheit und Entscheidungsfindung im Wege steht. Vielleicht bedauert ihr es heute beide, dass ihr euch getrennt habt?"

Bedauern? Oh ja, auf jeden Fall bedauerte sie es. „Vielleicht. Aber nun ja, ihr beiden, ich weiß nicht recht, was ich sagen soll. Im Moment navigieren wir nur zaghaft durch die neuen Gewässer der Freundschaft. Mehr gibt es dazu gerade gar nicht zu sagen." Sie hoffte von ganzem Herzen, dass sie es verstanden, und dass ihre Weigerung, darüber zu sprechen, ihrer beginnenden Freundschaft nicht schaden würde.

„In Ordnung", sagte Tulip. „Aber du weißt, dass wir für dich da sind. Und wenn du mal jemanden zum Reden brauchst, kannst du mit uns sprechen. Wir können schweigen, nur damit du es weißt."

„Auf jeden Fall", bekräftigte Rita. „Nur weil wir mit zwei der Tanner-Jungs verheiratet sind, heißt das nicht, dass sie alles wissen müssen, worüber wir reden, also wenn du und Bret die freundschaftlichen Gewässer hinter euch lassen solltet und in tieferes Wasser watet und du jemanden brauchst, mit dem du dich unterhalten kannst… du weißt schon, jemand mit dem du dich über all das aufgewirbelte Wasser unterhalten kannst… dann sind wir zur Stelle. Wir stehen hinter dir, nicht nur im Geschäftlichen, auch in dieser Angelegenheit. Wir mögen dich und denken… Nun, vielleicht rede ich zu viel." Ritas Nase kräuselte sich leicht, als sie sich auf die Lippe biss.

Ellie lachte. „Du musst dich nicht unwohl fühlen. Ich danke euch beiden. Ich weiß es wirklich zu schätzen, dass ihr da seid und Verständnis zeigt. Ich werde es euch wissen lassen, wenn wir in tiefere Gewässer waten und ich euch brauche. Es ist beruhigend zu wissen, dass ich auf euch zählen kann."

Das war es wirklich. Nur dass die beiden nicht wussten, wie aufgewirbelt das Wasser wirklich war.

KAPITEL DREIZEHN

Bret fuhr von Billings nach Springfield, Missouri. Eine gut siebzehnstündige Fahrt; und während er fuhr, fragte er sich, warum er das für eine glänzende Idee gehalten hatte. Natürlich war die Fahrt von Texas nach Billings die viel längere Strecke gewesen, im Vergleich dazu war dies eine kurze Fahrt. Doch er hatte das Unterwegssein gebraucht. Der Ritt auf einem Pferd und Autofahrten hatten – egal, wie sehr er die Straße hasste – den Vorteil, dass man Zeit zum Nachdenken hatte. Er musste gewusst haben, dass er Zeit zum Nachdenken brauchen würde, als er sich für den Truck als Transportmittel auf dieser Reise entschieden hatte. Und natürlich dachte er die ganze Zeit nur an Ellie.

Sie war in seinen Gedanken präsent gewesen, seit er vor einer Woche in den Truck gestiegen und nach

Billings gefahren war. Und dort war sie noch immer. Er hatte nicht anders gekonnt an jenem Abend, als er das Rodeo gewonnen hatte, als zum Telefon zu greifen. Er hatte sie angerufen, bevor er es sich anders überlegen konnte. Nachdem er ihr geschrieben hatte, hatte er sich halb gewünscht, sie würde bereits schlafen und seine Nachricht erst am nächsten Morgen sehen, aber nein, sie hatte sofort zurückgeschrieben und wissen wollen, wie es ihm ergangen war. Und natürlich hatte er mit ihr gesprochen – er hatte zum Telefon gegriffen und unverzüglich ihre Nummer gewählt. Es hatte sich gut angefühlt, mit ihr darüber zu reden, wie er sich geschlagen hatte. Es hatte sich wie in alten Tagen angefühlt, als er sich das erste Mal auf den Weg gemacht hatte, mit Spannung im Herzen und großen Erwartungen. Er hatte sie angerufen, und sie hatten geredet und noch mehr geredet. Sie hatte ihn ermutigt und gemeinsam hatten sie an seinen Traum geglaubt. Damals hatte es sich richtig angefühlt.

Aber er wusste auch, dass ihn die Einsamkeit, genauso wie die Abgespanntheit vom ständigen Unterwegssein, nach und nach dazu gebracht hatten, häufiger das Gespräch mit den weiblichen Teilnehmern des Rodeo zu suchen, als er es getan hätte, wenn Ellie bei ihm gewesen wäre. Doch damals hätte Ellie unmöglich bei ihm sein können, außer sie wären verheiratet gewesen. Sie hätten nicht einfach so zusammenleben wollen. Es hatte ihm nichts bedeutet, mit den Mädels zu reden, aber die Boulevardblätter hatten sich auf die Bilder gestürzt und jede Begebenheit unverhältnismäßig aufgebauscht. Ja, das Scheitern ihrer Beziehung lastete auf seinen Schultern und das wusste er.

Doch auch wenn er das wusste, so fühlte es sich diesmal doch richtig an. Er musste seine Karten richtig ausspielen. Er musste das wieder geraderücken. Er hatte lange genug darüber nachgedacht, um zu wissen, was er wollte, und das war Ellie. So einfach war das. Wenn sie ihn denn auch wollte.

Er warf einen Blick auf die Uhr auf dem Armaturenbrett. Es war acht Uhr; es war gerade erst dunkel geworden und er wusste, dass er noch ein paar Stunden fahren musste, bevor er zu Bett gehen würde. Er wusste, was ihn beschäftigte. Und wieder konnte er nicht anders – oder besser gesagt, er *wollte* nicht anders.

Er drückte auf dem Lenkrad die Taste, die einen Anruf mit Ellie initiierte. Sofort war sie in der Leitung.

„Hallo Bret."

Sein Herz raste und das Lenkrad wurde feucht unter seinen Händen. „Ellie, ich sitze im Auto und fahre und dachte, ich rufe dich an und höre mal, wie es dir geht."

„Es geht mir gut." Das Lächeln in ihrer Stimme war nicht zu überhören.

Er lächelte. „Das freut mich. Ich hatte eine Idee. Ich weiß nicht recht, was du darüber denken wirst, aber ich habe mich gefragt, was du dazu sagen würdest, morgen Abend zu meinem nächsten Rodeo zu kommen, wenn ich dir ein Flugzeug schicke?"

„Das kannst du nicht tun. Das Rodeo ist in Springfield."

„Ich kann dir ein Flugzeug schicken, und mit dem Flugzeug ist es nur eine kurze Strecke. Ich wäre schon auf dem Rodeo-Gelände, deswegen würde ich einen Wagen organisieren, der dich abholt und hinbringt und je nachdem, wann du ankommen würdest, könnte ich dich vielleicht vorher noch sehen. Du weißt ja, dass die

Rodeos immer länger dauern als gedacht. Anschließend könnten wir vielleicht ein spätes Abendessen zu uns nehmen und ich buche dir entweder ein Hotelzimmer oder, wenn du dringend wieder zurückmusst, lasse ich das Flugzeug auf dich warten. Dann könntest du im Flieger schlafen und ich würde es so organisieren, dass du vom Flugplatz nach Hause gebracht werden würdest."

„Ich weiß nicht, Bret. Ich bin solche Sachen nicht gewöhnt."

„Hör mal, ich versuche nicht, dich zu beeinflussen, aber ich habe all dieses verdammte Geld und weiß kaum, was ich damit anfangen soll. Wenn ich einer Freundin einen Platz in einem Charterflugzeug besorgen kann, damit diese kommt und mir bei einem Rodeo zusieht und mit mir zu Abend isst, weil ich sie ansonsten nicht zu einem Date ausführen kann, dann denke ich, ist das eine gute Möglichkeit, etwas von dem Geld auszugeben."

Sie lachte und er vernahm etwas weniger Zögern in diesem Lachen.

„Komm schon, Elli. Weißt du, es hat sich gut

angefühlt, an den letzten Abenden mit dir zu reden. Zumindest für mich. Und du hast mir Glück gebracht. Ich habe einige der besten Ritte absolviert, seit ich mich verletzt habe, und ich bin geneigt zu sagen, dass war alles wegen dir. Meine Stimmung ist gut und meine Schulter fühlt sich großartig an. Es fühlt sich ein bisschen an wie in alten Zeiten."

„Aber es sind nicht die alten Zeiten, und vielleicht sollten wir das nicht durcheinanderbringen, Bret."

„Okay, vergiss, dass ich das gesagt habe. Ich wollte die Dinge nicht verkomplizieren. Ich meinte nur, naja, weißt du, früher haben wir gerne zusammen über das Rodeo geredet und einfach… ich weiß nicht. Irgendwie beruhigt es mich, mit dir zu reden. Es entspannt mich, weißt du?"

„Ich weiß, dass du das immer gesagt hast. Aber wirklich, du warst auch erfolgreich, ohne mit mir zu reden, das lässt sich nicht leugnen."

Er spürte, wie sich sein Magen bei ihren Worten ein wenig zusammenzog. Sie wusste nicht, dass es ihm nicht leichtgefallen war, so gut zu sein, sondern dass er das nur mit äußerster Anstrengung geschafft und stets vermisst hatte, was sie beide gehabt hatten. „Komm schon, Elli. Es wird dir gefallen. Meine Familie kommt hin und wieder vorbei, um mich reiten zu sehen, aber es ist nicht so, als könnten sie ihr Leben auf Eis legen, um mir von einem Rodeo zum Nächsten zu folgen. Das bedeutet verdammt viel Zeit auf der Straße. Ich weiß, dass einige Familien das tun, aber ich bin ein Mann. Meine Familie muss mir nicht überall hin nachreisen, aber hin und wieder ist es schön, wenn jemand auf der Tribüne steht, den man kennt und der nicht zur Familie oder den Freunden anderer Leute gehört." Er wollte nicht so klingen, als bettelte er, aber er wollte unbedingt, dass Ellie nach Springfield kam. Zum Telefon zu greifen und den Freund anzurufen, dem das Charterunternehmen für Flugzeuge gehörte, war nicht der Rede wert.

Er sagte nichts, während er Meile um Meile zurücklegte. Er vernahm ein schlurfendes Geräusch und wartete, obwohl er weiter drängen wollte.

„Okay, ich komme. Wann soll ich fertig sein?"

Ein riesiges Lächeln breitete sich auf seinem Gesicht aus und er musste einen Freudenschrei unterdrücken. „Ich glaube nicht, dass der Flug sehr lang dauert. Ich kann dir die Details per SMS schicken, ich freue mich sehr. An welche Zeit denkst du? Wenn ich dir das Flugzeug zu drei oder vier Uhr schicke, wärst du so gegen… ähm, dann wärst du wann hier? Ich weiß nicht recht, wie lange man fliegt, vielleicht so gegen sechs. Dann könnte ich dich nur ein paar Minuten sehen, bevor ich rein muss und mit dem Aufwärmen beginne.“

„Okay, dann bin ich um drei fertig. Lässt du mich von einem Wagen abholen oder soll ich zum Flughafen fahren?“

„Nein, ich werde meinen Kumpel Beck McCoy, dem das Charterunternehmen gehört, damit beauftragen, dich zu fliegen. Und ich schicke ein Auto, das dich abholt und zu ihrer privaten Start- und Landebahn bringt. Du musst dich um nichts kümmern.“

„Ich kann nicht glauben, dass ich das tue.“

„Ich auch nicht, aber ich freue mich. Ich werde dir ein Zimmer buchen – oder möchtest du, dass das Flugzeug wartet und dich abends wieder nach Hause bringt?“

Er wollte, dass sie sich für das Zimmer entschied.

Sie würde lange unterwegs sein, aber er wollte sie nicht drängen.

„Ich werde das Zimmer nehmen, denn es wird spät werden, insbesondere wenn wir uns noch auf den Weg machen um irgendwo zu essen. Ich weiß nicht, wo in aller Welt du noch einen Ort finden willst, an dem man uns um diese Uhrzeit Abendessen serviert, außer in einem Fast-Food-Restaurant, das die ganze Nacht geöffnet hat."

„Das lass meine Sorge sein. Ich werde mich um dein Zimmer kümmern. Ich werde dir mitteilen, wo es ist und dich dorthin bringen, nachdem wir gegessen haben."

„Alles klar. Dann haben wir wohl einen Plan."

Oh ja, sie hatten einen Plan.

* * *

Am nächsten Nachmittag wurde Ellie von einer glänzenden Limousine abgeholt. Der ältere Mann, der sie führ, erklärte ihr, dass er Mr. Talbert McCoys persönlicher Fahrer war und dass er und die Limousine sich meistens auf der McCoy-Ranch ein Stück die Straße hinunter befanden. „Ich fahre ihn ab und zu, aber wenn er nach Dallas oder Houston fliegt oder wo er sonst geschäftlich hinmuss, dann setze ich ihn am Flughafen ab – dem privaten Flugplatz der McCoy-Ranch – so wie ich es gleich mit dir tun werde und hole ihn später wieder ab. Jemand anderes fährt ihn in der Großstadt. Ich bin schon halb im Ruhestand und genieße es. Aber ich muss sagen, ich freue mich, Sie heute zu fahren, Ma'am. Sie sehen bezaubernd aus. Ich habe gehört, Sie besuchen ein Rodeo."

Sie lächelte, während sie auf dem Rücksitz Platz nahm und zu ihm aufschaute. Er sah äußerst adrett aus in seiner makellosen Uniform eines Fahrers und erweckte den Eindruck, als liebte er, was er tat. „Danke, dass Sie mich abgeholt haben, ich bin tatsächlich auf dem Weg zu einem Rodeo. Dem ersten seit Jahren."

„Nun, jeder sollte hin und wieder zu einem Rodeo gehen. Ich habe gehört, Sie werden dem talentierten Bret Tanner beim Reiten zusehen, also sollte es ein interessantes Rodeo werden. Ich bringe Sie wohlbehalten dorthin, okay?" Er tippte sich an den Hut, schloss die Tür und kletterte dann auf den Vordersitz. „Denken Sie daran, sich anzuschnallen.“

Das tat sie, er gab Gas und unterwegs waren sie.

Der Flugplatz befand sich auf dem Privatgelände hinter dem McCoy Weingut. Der kleine Jet sah aus, als würde er auf der Startbahn nur auf sie warten. Sie stieg aus dem Wagen und Beck McCoy, den sie am Abend der Benefizveranstaltung kennengelernt hatte, kam die Stufen herunter und begrüßte sie. Augenblicke später waren sie bereits in der Luft.

Dieser Lebensstil. Auf diese Weise an ihr Ziel zu gelangen war nichts, das sie gewohnt war, doch es war allemal besser, als zum Flughafen in Austin oder San Antonio zu fahren, dort in einen Flieger zu steigen und wahrscheinlich noch einmal umsteigen zu müssen, um nach Springfield zu gelangen. Also lehnte sie sich zurück und nippte an dem Glas Tee, das Beck ihr angeboten hatte, bevor sie gestartet waren, und genoss den Flug. Auch in Springfield landeten sie auf einem privaten Flugplatz und eine Limousine wartete dort bereits auf sie. Innerhalb kürzester Zeit erreichten sie den Veranstaltungsort. Ihr Gepäck wurde ins Hotel gebracht und der Fahrer der Limousine teilte ihr mit, dass er sie am nächsten Morgen für ihren Rückflug abholen würde. Sie hatte sich bei ihm bedankt und stand nun an diesem überfüllten Ort und beobachtete, wie sich die Teilnehmer hin und her bewegten und sich auf ihre Veranstaltungen vorbereiteten.

Beinahe wäre sie zusammengezuckt, als ihr jemand auf die Schulter klopfte. Als sie sich umdrehte, sah sie sich einem breit grinsenden Bret gegenüber.

„Hey, schön dich zu sehen." Er beugte sich vor und umarmte sie rasch.

Es war nur eine Umarmung unter Freunden – das war alles, ermahnte sie sich selbst, als sie den Drang verspürte, ihn festzuhalten und mehr daraus zu machen. Aber sie hatte ihren Stolz und ließ ihn los.

Er ließ sie ebenfalls los und trat einen Schritt zurück. „Schön, dass du es rechtzeitig geschafft hast. Ich habe einen guten gezogen. Es sollte ein großartiger Ritt werden. Ich habe den Stier gezogen, den alle wollen. Er wird dafür sorgen, dass ich eine gute Show abliefere. Und mir ein paar wichtige Punkte sichere – genau was ich brauche."

Sie bemühte sich darum, sich nicht von den plötzlich einsetzenden verrückten Gefühlen überwältigen zu lassen. Sie war hier, würde ihm tatsächlich bei einem Wettkampf zusehen. Das war ihr Traum gewesen. Er würde groß herauskommen und sie würde für ihn da sein. Doch das war nie geschehen. Kein einziges Mal, nachdem er angefangen hatte, an den Profi-Bullriding-Events teilzunehmen, war sie dort gewesen. Immer nur andere, von denen er ihr erzählt hatte, dass es nur Leute waren, mit denen er sprach… aber die Boulevardzeitungen hatten behauptet, dass da mehr gewesen war.

„Ich freue mich, hier zu sein." Sie hoffte, ihre Stimme bebte nicht und klang tatsächlich so, als freute sie sich darüber. Sie würde sich amüsieren, würde sie wirklich. Sie würde sich nicht von ihren Gefühlen überwältigen lassen.

* * *

„Ich kann es gar nicht oft genug sagen, ich bin wirklich froh, dass du hier bist. Ich muss wieder runter und meine

Dehnübungen machen und mich vorbereiten, aber ich werde Eddie dort drüben bitten, sich um dich zu kümmern – siehst du den älteren Mann dort, der an der Seite steht und sehr diskret wirkt? Das ist Eddie. Er bringt dich zu deinem Platz. Wir werden spät essen. Ich weiß nicht, ob du bereits etwas zu dir genommen hast, aber in der Loge befindet sich Verpflegung und du kannst essen, was immer du willst. Das Ganze wird ein paar Stunden dauern. Ich wusste nicht, ob du lieber mit anderen Leuten da bist oder allein, deswegen werden noch ein paar Mitglieder der Bullenreiterfamilien dort sein. Ich hoffe, das ist okay?"

„Ja, es ist in Ordnung."

„Bei den meisten von ihnen handelt es sich um die Ehefrauen, deswegen kümmere ich mich in der Regel um eine private Loge, wenn meine Familie kommt. Ich lade auch immer die Frauen von einigen der anderen Typen ein, dort zu sitzen. Ich hoffe, das passt so für dich."

„Das tut es. Viel Glück, ich werde dich anfeuern." Aufregung erfüllte sie und er grinste. Sie fieberte mit ihm. Er wünschte sich das schon so lange und dem, was er neulich gesagt hatte, hatte sie entnommen, dass ihn die Verletzung seiner Schulter beschäftigte und er nur auf dem Rücken des Bullen bleiben konnte, wenn es ihr gutging.

Der Abend verlief angenehm. Mehrere junge Ehefrauen und ein paar Kinder waren bei ihr in dem abgetrennten Bereich und sie alle waren aufgeregt, ihren Vätern und Ehemännern bei den Wettkämpfen zuzusehen. Sie fand es schön, dass zwischen ihnen eine solche Kameradschaft herrschte; sie waren Freunde, obwohl ihre Ehemänner gegeneinander antraten. Sie nahm an, dass jeder gewinnen wollte, deswegen verstand sie die Dynamik nicht so recht. Aber es freute sie zu sehen, dass sich die Leute in diesem Raum füreinander freuten, und als einer der Jungs verletzt wurde, waren sie für seine junge Frau da, die wie versteinert dastand und Angst um ihren Mann hatte, der gerade von einem Bullen geworfen worden war. Er landete in einer ungelenken Position und wurde sofort von den Rodeo-Clowns umringt, die ihn beschützten, während Cowboys auf Pferden den Stier aus der Arena trieben. Angespannte Momente vergingen, bevor dem jungen Mann zur Erleichterung aller auf die Beine geholfen wurde. Er wandte sich der Loge zu, schwenkte seinen Hut und grinste seine Frau Carrie an. Vor Erleichterung fiel diese beinahe in Ohnmacht.

Sofort umarmten alle anderen Frauen Carrie und teilten ihre Erleichterung und ihr Glück. Das war der Moment, in dem Ellie das erste Mal die Gefährlichkeit dessen ins Bewusstsein gerufen wurde, was Bret tat. Ihr rutschte der Magen in die Kniekehlen, als die Zeit für seinen Ritt näher rückte. Sicily und Esmerelda, zwei der Ehefrauen, die neben ihr saßen, erklärten, dass er den am schwersten zu reitenden Bullen gezogen hatte, der auch der gemeinste war. Sie waren sich sicher, dass Bret diesen bereits geritten hatte und erfolgreich gewesen war, aber das war keine leichte Aufgabe.

Doch wenn es einem gelang, auf diesem Bullen zu reiten, dann bekam man in der Regel hohe Punkte, weswegen es so viele von ihnen versuchen wollten. Andere, die nicht ganz so talentiert waren wie Bret und sich um ihre Punkte sorgten und es an die Spitze schaffen wollten, um Geld zu verdienen, waren nicht allzu scharf darauf, den wildesten Bullen zu bekommen, denn es konnte einen teuer zu stehen kommen, wenn einen dieser verletzte und man nicht mehr reiten konnte.

Bret war anders. In seiner Stimme hatte keine Furcht mitgeklungen, als er ihr erzählt hatte, welchen Bullen er gezogen hatte. Nein, da war keine Angst, keine Besorgnis gewesen – nur Aufregung und der Gedanke an den Nervenkitzel des Rittes. Sie musste sich ins Gedächtnis rufen, dass Bret Tanner einer der Besten war. Und trotzdem nahm ihre Besorgnis allmählich zu, während sie dort saß und die nächsten drei Ritte absolviert wurden. Die Hände im Schoß gefaltet, wartete sie. Als sie ihn schließlich entdeckte, konnte sie ihn auf der großen Leinwand und unten in der Arena sehen. Sie beobachtete ihn auf der Leinwand, denn von der Loge aus, in der sie saßen, war er ziemlich weit entfernt. Und auf dem großen Bildschirm konnte sie sein Gesicht sehen. Wieder war da keine Angst – nur ernste Ruhe, als er in die Schleuse auf den Stier hinabblickte. Er zog seinen Handschuh an, rückte seinen Hut zurecht und kletterte dann über das Geländer. Der Stier machte einen Satz und er kletterte wieder heraus. Der Stier war unruhig. Das hatte sie schon bei vielen

Cowboys gesehen: Sie warteten, bis sich der Bulle beruhigt hatte, bevor sie sich auf dessen Rücken setzten.

Dieser Stier beruhigte sich nicht. Er war nicht glücklich darüber, in der engen Schleuse zu stehen.

Sie sah erneut mit an, wie Bret an seinem Handschuh herumnestelte und ihn fester zuzog. Wieder rückte er seinen Hut zurecht, fast so, als wäre dies ein Ritual, dann kletterte er erneut über den Vorsprung. Diesmal stellte er ein Bein auf das hintere Geländer, sodass er in der Lage war, über dem Stier zu grätschen. Dann ließ sich Bret auf den Rücken des Bullen sinken. Das Tier machte einen Satz, aber Bret bewegte sich nicht. Er schob seine behandschuhte Handfläche nach oben unter den Riemen und wickelte dann das Seil um seine Hand. Bret hielt den Kopf gesenkt – sie wusste, dass er sich auf den Stier einstellte – dann nickte er und hob die Hand in die Luft.

Das war das Signal: die Schleuse öffnete sich und der Stier stürmte seitwärts und ging dann in die Luft. Es schlug mit den Hinterbeinen aus und drehte sich. Bret hielt sich auf ihm wie ein Tänzer, der Teil eines rauen, orchestrierten Tanzes war. Bret bewegte sich mit dem

Tier, den Arm in der Luft. Er lehnte sich zurück; er beugte sich vor. Der Bulle drehte und wand sich und trat nach allen Seiten aus, wobei er Bret nach vorne und dann zurückschleuderte. Doch Bret bewegte seine Beine ebenfalls, er ritt das Tier, gab eine Show zum Besten.

Als sie ihn so reiten sah, wusste sie, dass er ein Meister dessen war, was er tat. Kein Wunder, dass er keine Angst hatte. Während des achtsekündigen Ritts sah sie die Entschlossenheit in seinen Zügen, die Konzentration und die Liebe für das, was er tat. Als der Summer ertönte, zog er seine Hand unter dem Seil hervor, warf ein Bein über den Rücken des Stiers und sprang zu Boden, um dem tobenden Tier aus dem Weg zu gehen, während Reiter zu ihm kamen, um den Stier von ihm abzulenken. Er wandte sich der Loge zu, griff nach seinem Hut und hob ihn grüßend – zu ihr, das wusste sie.

Und dann verbeugte er sich und die Arena tobte.

Sie lächelte erleichtert. Esmerelda und Sicily klatschten, alle standen und sie empfing ihre Umarmungen, obwohl sie immer noch bestürzt und wie erstarrt war. „Er hat es geschafft."

„Oh ja, das hat er", rief Esmerelda aus. „Das war ein großartiger Ritt. Sicher bekommt er dafür viele Punkte."

„Das war es, was er wollte."

„Nun, wir werden sehen, wie viele er bekommt. Aber ich bin sicher, er hat geschafft, was er wollte."

Und tatsächlich war sein Ergebnis das Siegerergebnis des Abends. Als die Show vorüber war, klopfte ihr Herz immer noch, als sie zu dem Bereich begleitet wurde, in dem sich Bret aufhielt. Sie betrat einen Raum und sah Bret auf einem Massagetisch sitzen. Sein Hemd lag neben ihm und eine Masseuse legte ihm gerade einen Eisbeutel auf die Schulter und wickelte diesen mit Plastikfolie um seine Schulter. Bret grinste sie an, obwohl sie in der Tür stehen geblieben war, weil sie nicht erwartet hatte, dass man sich um ihn kümmerte.

„Hey, wir haben es geschafft! Es war eine toller Ritt."

„Das stimmt. Geht es dir gut?"

„Oh ja. Dies ist eine reine Vorsichtsmaßnahme. Meine Schulter macht immer Probleme. Sie tut höllisch weh, deswegen kommt Eis drauf. Wenn wir das nicht tun, schwillt sie an und ich kann tagelang nicht reiten. Aber wenn man sie kühlt, wird es besser und ich kann weitermachen."

Sie wusste, dass das für ihn normal war. Und doch erinnerte es sie daran, dass er das unmöglich ewig machen konnte. Wie ein Fußball- oder Hockeyspieler oder jeder Athlet, der eine aggressive Sportart ausübte – ihre Körper machten das irgendwann nicht mehr mit.

„Gib mir ein paar Minuten, dann brechen wir auf. Ich habe die Limousine bestellt, sie wird uns fahren. Ich habe meinen Truck zum Hotel bringen lassen. Ich übernachte im selben Hotel wie du, in einem anderen Zimmer. Auf diese Weise können wir essen und dann aufbrechen, sodass du morgen zurückkehren kannst. Hast du nicht morgen eine Veranstaltung?"

„Stimmt, aber das meiste ist bereits erledigt, deswegen war es für meine Mom und die anderen in Ordnung, dass ich heute herkomme. Ich werde gegen Mittag oder spätestens um Eins zurück sein, damit bleibt noch ausreichend Zeit."

Er grinste. „Prima. Ich freue mich, dass du

gekommen bist. Sehr sogar.“

Sie lächelte, ein wenig melancholisch, weil die Dinge nicht so gelaufen waren, wie sie es vor all den Jahren geplant hatten, und gleichzeitig gespannt in Anbetracht der Dinge, die jetzt zwischen ihnen geschehen mochten.

KAPITEL VIERZEHN

Bret hatte sich für das schönste Hotel der Stadt entschieden und um ein spätes Abendessen auf der privaten Terrasse mit Blick auf die Stadt gebeten.

Er versuchte nicht, Ellie zu beeindrucken oder sie zu umwerben. Eigentlich wollte er nur, dass ihr Aufenthalt schön war und sie einen angenehmen Abend miteinander verbrachten. Er war am Verhungern und auch sie hatte während des Rodeos nicht viel gegessen, daher musste es ihr ähnlich gehen. Da um diese Uhrzeit nur noch Fast-Food-Restaurants geöffnet hatten, war dies ihre einzige Option. Wenn er wie üblich in einem preiswerteren Hotel übernachtet hätte, hätte er sich einfach einen Snack besorgt. Er stieg nicht gern in den teureren Hotels ab, auch wenn das mit dem Geld der Tanners bedenkenlos möglich gewesen wäre. Er war ein

Rodeo-Typ und so verhielt er sich auch, so mochte er es.

„Wir fahren mit dem Aufzug nach oben. Dort befindet sich eine private Terrasse, die für besondere Veranstaltungen genutzt wird. Ich habe sie gebucht, damit wir es schön haben beim Abendessen und nicht mit den üblichen nächtlichen Betrunkenen in einer Bar sitzen müssen. Außerdem dachte ich, dies wäre besser als das Essen in einer Bar und nachdem du den ganzen Weg hierhergekommen bist, wollte ich, dass du mehr bekommt als einen Hamburger. Ich hoffe, das ist okay?"

Sie betrat den Aufzug, als sich die Tür öffnete, drehte sich dann um und lächelte ihn an. „Ich finde, es klingt großartig. Nach diesem langen Tag freue ich mich, dass ich mehr als einen Hamburger zu essen bekomme. Aber ehrlich gesagt wäre auch das Essen in einer Bar in Ordnung gewesen. Ich hätte mir etwas anderes als einen Burger bestellen können. Aber das ist sehr nett und aufmerksam, danke. Du hast dir große Mühe gegeben, damit diese Reise besonders für mich wird."

Die Tür schloss sich mit einem leisen Summen, und

er drückte den Knopf für den zwanzigsten Stock.

„Nun, wie gesagt, als du zugestimmt hast, so weit zu fliegen, wollte ich dir etwas Gutes tun. Ah, allerdings musste ich ein Gericht vorbestellen, ich hoffe, dass das, was ich ausgesucht habe, für dich in Ordnung ist."

„Ich bin mir sicher, es wird großartig schmecken. Hast du Schmerzen?"

Er kreiste seine Schulter – normalerweise würde sich noch immer ein Eisbeutel darauf befinden, aber er hatte sich dafür entschieden, diesen heute Abend abzunehmen. Wahrscheinlich würde sich das morgen rächen, aber das wäre okay. „Es geht mir gut. Wahrscheinlich wird mir morgen etwas weh tun, aber das gehört dazu."

Die Fahrstuhltür ging auf und sie betraten einen erleuchteten Raum, in dem Stühle auf Tische gestapelt waren, weil der Raum im Moment nicht genutzt wurde. Auf der anderen Seite des Raumes stand ein Kellner in der Nähe des erleuchteten Fensters. Sie gingen zu ihm. Er begrüßte sie und stieß die Tür auf. Sie gingen auf den Balkon hinaus. Dort stand ein einzelner, exquisit gedeckter Tisch für sie bereit, auf dem sich zwei abgedeckte Servierteller befanden. Er hatte dem Personal per SMS mitgeteilt, dass sie angekommen waren, als sie das Gebäude betreten hatten, damit das Essen gebracht wurde. Er hatte nicht gewollt, dass sie erst noch warten mussten, bis das Essen zubereitet wurde, denn er hatte befürchtet, dass sie am Verhungern war, und obwohl er sich wahrscheinlich die ganze Nacht über mit ihr hätte unterhalten können, hatte er nicht ihre Zeit stehlen wollen. Ein durchgeplanter Tag wartete auf sie, an dem sie nach True Love zurückfliegen und sich um die Hochzeit kümmern musste, an der auch seine Schwägerinnen und ihre Mutter mitgewirkt hatten.

Nachdem der Kellner ihre Getränke eingeschenkt, die Abdeckung von den Tellern genommen und sie gefragt hatte, ob sie noch etwas brauchten, hatte er sich diskret ins Innere des Gebäudes zurückgezogen, wo er nun von ihnen abgewandt wartete, ob sie noch etwas brauchten. Doch das Lächeln auf Ellies Gesicht, als sie die Mahlzeit sah, verriet ihm, dass sie wahrscheinlich nichts weiter brauchen würden.

„Ich kann nicht glauben, dass du das noch weißt."

„Ich habe nie vergessen, dass du Beef Stroganoff

mit Knoblauchbrot und gegrilltem Spargel mit Butter und Parmesan magst. Ich hoffe, das ist okay?"

Sie lachte.

Er liebte den Klang ihres Lachens.

„Würdest du damit aufhören, mich ständig zu fragen, ob es okay ist? Es ist fantastisch. Ich werde wahrscheinlich noch den letzten Krümel dieses Gerichts verspeisen und es morgen früh bereuen, weil ich aufgrund des späten Festmahls zehn Pfund extra wiege. Aber ich werde jeden Bissen genießen. Ich bin mir sicher, der Küchenchef dieses Restaurants weiß genau, was er tut."

„Tatsächlich war einer der Gründe, warum ich mich für dieses Hotel entschieden habe, der, dass sie in der Lage waren, meinem Wunsch bezüglich eines späten Abendessens nachzukommen. Und zweitens habe ich großartige Dinge über das Stroganoff gehört. Das ist normalerweise nicht das gefragteste Gericht in hochpreisigen Restaurants, aber dieser Typ macht es angeblich perfekt."

„Dann hoffe ich, dass es dir nichts ausmacht, wenn ich mich sofort darauf stürze."

„Gern. Wenn du nichts dagegen hast, würde ich noch gern ein kurzes Gebet sprechen.“

Ihr Gesichtsausdruck wurde sanfter. „Natürlich, das finde ich gut.“

Er senkte den Kopf und dankte Gott für einen sicheren Ritt, doch sein besonderer Dank galt Ellies Anwesenheit, er bat um einen schönen Abend und dass sie morgen sicher wieder zu Hause ankäme und dann dankte er noch für die Erneuerung ihrer Freundschaft und den Pfad, auf dem sie sich befanden und hoffte, dass dieser gesegnet würde. Er hoffte, dass er nicht zu viel gesagt hatte, doch als er fertig war, blickte er nur zu ihr hinüber. „Ich habe all das gemeint, weißt du. Ich bin froh, dass wir dabei sind, wieder Freunde zu werden. Jetzt lass und essen.“

Sie sah aus, als wollte sie etwas sagen, tat es dann aber nicht. Stattdessen griff sie nach ihrer Gabel und versenkte sie in das Stroganoff, dann führte sie sie zum Mund und biss hinein. Er tat dasselbe.

Der Abend verlief gut. Sie sprachen erneut über ihre Vergangenheit – über ihren Job und er gab ein paar Geschichten vom Rodeo zum Besten – doch sie vermieden persönliche Angelegenheiten. Er wusste nicht recht, ob sie diesen Themen immer aus dem Weg gehen würden, doch jetzt im Moment, zumindest am Anfang, mussten sie einfach erst einmal sicheren Boden unter die Füße bekommen. Sie mussten es schaffen, sich wieder wohlzufühlen in der Gegenwart des anderen – Freunde sein. Als er sie später zu ihrem Zimmer brachte, wusste er nicht recht, was er tun sollte. Schließlich umarmte er sie kurz, nachdem sie die Tür aufgeschlossen und sich zu ihm umgedreht hatte. Oh, er hätte sie gern länger umarmt, doch er legte nur kurz und freundschaftlich seine Arme um sie und zog sich dann, mit dem Duft von Pfirsichen und Sahne in der Nase, zurück.

Er tippte sich an den Hut. „Wir sehen uns morgen früh. Du hast gesagt, du musst gegen neun zum Flughafen. Wir frühstücken gemeinsam, ich werde dich um halb acht hier abholen. Oder sollen wir uns im Speiseraum treffen? Nein, ich komme her und trage auch deine Tasche, okay?"

„Okay. Wir sehen uns morgen früh." Sie ging in das Zimmer und begann, die Tür zu schließen.

Er drehte sich um und ging den Flur entlang. Sein Zimmer lag absichtlich auf der anderen Seite des Flurs, ein Stück den Gang hinunter. Er hatte sie nicht bedrängen wollen.

„Bret", rief sie ihm nach, und er drehte sich noch einmal zu ihr um.

„Es war ein toller Abend. Wirklich schön. Gute Nacht." Dann schloss sie die Tür.

Und er stand einfach nur da und schaute auf die geschlossene Tür. Sein Herz hämmerte; sein Magen war angespannt und doch spürte er einen winzigen Hoffnungsschimmer in seinem Herzen.

* * *

In den nächsten drei Wochen dachte Ellie fast ununterbrochen an diesen Abend mit Bret. Sie dachte daran, wie sorgfältig er ihn orchestriert hatte, damit er perfekt für sie war und an die Umarmung zum Schluss. Am nächsten Morgen hatte er sie zu ihrer Limousine begleitet und sie noch einmal kurz umarmt und ihr eine sichere Reise gewünscht. Seitdem hatte sie ihn nicht gesehen. Er war unterwegs gewesen und hatte bei jedem Rodeo, das er erreichen konnte, Punkte gesammelt. Und er hatte seine Sponsoren glücklich gemacht; er hatte sich um Werbedeals gekümmert und sie trotzdem etwa jeden zweiten Abend angerufen. Sie hätte sich auch gefreut, wenn er jeden Abend angerufen hätte, sagte das aber nicht. Sie wollte nicht übereifrig klingen oder so, als ob sie viel Hoffnung spürte, dass das, was sie taten, möglicherweise zu etwas Ernsterem führen könnte.

Ein Foto von ihnen hatte es am Abend nach ihrem Treffen in Springfield in die Boulevardpresse geschafft. Es war spekuliert worden, ob es eine neue Frau im Leben des Milliardärs Bret Tanner gab. Bis zu diesem Punkt war ihr gar nicht aufgefallen, dass er schon länger nicht mehr mit einer Frau an seiner Seite fotografiert worden war. Verabredete er sich seltener als zuvor? Seit sie sich vor ein paar Jahren getrennt hatten, waren mehrere Frauen mit ihm in Verbindung gebracht worden; doch mit keiner von ihnen war es etwas Ernsthaftes geworden. Glücklicherweise hatte das Interesse an ihnen nicht ausgereicht, um die Paparazzi zu veranlassen, in die Stadt zu kommen, soweit sie das beurteilen konnte. Tulip und Rita klärten sie auf, dass das eine Überraschung war. Andererseits war in Hollywood gerade viel los – ein neuer Blockbuster war soeben in die Kinos gekommen und eines der ganz großen Paare hatte sich getrennt, weswegen die Aufmerksamkeit der Paparazzi dort gebündelt war – was ihr und Bret eine Gnadenfrist verschaffte.

Ellie, ihre Mutter und Rita und Tulip waren in den letzten drei Wochen sehr beschäftigt gewesen. Zunächst war sie nach Houston gefahren, hatte ihre Wohnung leergeräumt und ihre Sachen zu ihrer Mutter gebracht und in der Scheune eingelagert, bis sie eine eigene Wohnung gefunden hatte. Bisher hatte sie in die Suche nach einer eigenen Wohnung allerdings kaum Zeit investieren können, da sie und die Mädels viel um die Ohren hatten. Mehrere Hochzeiten und Probedurchläufe sowie andere Veranstaltungen standen an, für die sie Blumen vorbereitet und Fotos gemacht und ganz allgemein bei der Planung behilflich gewesen waren. Selbst wenn er sie gefragt hätte, ob sie zu einem weiteren Rodeo hätte fliegen wollen, hätte sie nicht die Zeit dafür gehabt, doch sie hoffte auf eine weitere

Einladung. Sie wollte ihn gern wiedersehen und nicht nur über das Telefon mit ihm sprechen.

Ihre Mutter hatte den Laden bereits verlassen, aber sie war noch dageblieben, um ein paar Kostenvoranschläge für eine Hochzeit fertigzustellen, für die sie in ein paar Wochen die Blumen liefern würden, wenn sie den Zuschlag bekämen. Sie hatte die Preise ihrer Mutter ein wenig erhöht, da diese zu viel gearbeitet hatte und im Vergleich zu den sonst üblichen Preisen zu wenig für ihre Dienste verlangt hatte. Jetzt war es an der Zeit, Feierabend zu machen. Sie hatte gerade die Tür abgeschlossen und sich zu ihrem Auto gedreht, als ein Truck mit der Aufschrift Tanner-Ranch auf der Tür in die Parklücke neben ihr fuhr. Ihr Herz machte einen Sprung in ihrer Brust, als sie den Fahrer erkannte.

„Hallo, hübsche Dame." Bret lehnte sich aus dem Fenster und grinste sie an.

Sie versuchte, nicht übermäßig aufgeregt zu wirken, und lächelte. „Hallo, Cowboy. Was verschlägt dich in unsere Stadt? Ich dachte, du wärst in Timbuktu oder sonst wo und würdest auf einem Stier reiten."

„Heute nicht. Morgen Abend wieder. Um ehrlich zu sein, musste ich mal nach Hause. Deswegen habe ich meinen Kumpel angerufen und er hat mich vor einer Stunde am Flugplatz abgesetzt, und hier bin ich nun. Ich habe mich gefragt, ob du vielleicht mit mir Abendessen möchtest?"

Er war extra hergeflogen, um sie zum Abendessen auszuführen? Interpretierte sie zu viel in seine Aussage hinein? Vielleicht hatte er seine Eltern vermisst. Nein, die waren nicht in der Stadt. Seine Brüder? War es möglich, dass er sie so sehr vermisst hatte wie sie ihn? Hoffnung machte sich in ihr breit. „Ich weiß nicht. Mein Kalender ist ziemlich voll." Sein enttäuschter Blick ließ ihr Herz schneller schlagen. „Ich ziehe dich nur auf. Ich würde gerne mit dir zu Abend essen. Ich bin am Verhungern. Ich habe heute das Mittagessen ausfallen lassen."

„Nun, wenn das so ist, dann gehen wir, sobald du bereit bist. Ich möchte die Dame nicht warten lassen."

„Lass mich nur schnell meine Tasche ins Auto legen."

„Wenn du so hungrig bist, hast du etwas dagegen,

einfach zu Mannys zu gehen?“

„Mannys klingt super. Ich liebe ihre Speisekarte.“

Kurz darauf saßen sie im Truck und fuhren die sechs Meilen zu Mannys Bar und Grill.

Manny selbst stand hinter dem Tresen, als sie hereinkamen. Der alte Mann grinste von einem Ohr zum anderen. „Na, schau einer an. Fühlt sich an wie in alten Zeiten, euch beide gemeinsam hereinkommen zu sehen.“

Sie wusste nicht recht, was sie darauf antworten sollte und lächelte den alten Mann an. „Hallo Manny. Wie geht es dir?“

Er trocknete Gläser ab. „Oh, mir geht es großartig. Bereite mich gerade auf die Abendgäste vor. Aber ihr wisst schon, es ist Donnerstag, da wird es nicht so voll wie freitags oder samstags, also geht einfach durch und sucht euch einen Tisch oder eine Ecke aus, die euch gefällt.“

Er zwinkerte und sie errötete. Erinnerungen daran, wie sie zwei Turteltauben nach hinten geeilt waren, um eine ruhige Ecke zu finden, erhitzten ihre Wangen.

„Danke Manny. Wir setzen uns nach hinten. Für

den Anfang nur Wasser, keine Eile."

Sie gingen in den rückwärtigen Teil des Lokals und entschieden sich für eine Nische in der Ecke.

„Macht dich das nicht zu müde für morgen Abend?"

Er zuckte mit den Schultern. „Nee, das geht schon. Ich habe beschlossen, dass ein Ausflug nach Hause mir besser tut als Schlaf, und da bin ich. Jake braucht morgen früh ein wenig Hilfe bei einem Projekt auf der Ranch, also dachte ich mir, dass ist die perfekte Entschuldigung, um herzukommen und zu schauen, ob ich dich nicht zu einem Abendessen ausführen könnte." Sein Gesichtsausdruck hatte etwas beinahe Jungenhaftes.

„Nun, das freut mich, wenn ich ehrlich bin. Ich habe es vermisst, mit dir zu reden, Bret. Also nicht das Reden, sondern dich dabei zu sehen."

Sein Gesichtsausdruck wurde ernst. „Ich habe dich auch vermisst. Ich glaube, es erleichtert mich, dich das sagen zu hören. Ich… ich habe unsere Telefongespräche genossen. Ich habe mich gefreut zu hören, wie gut du dich in den vergangenen drei Wochen mit deinen neuen

Berufsplänen geschlagen hast. Aber selbst die paar Male, in denen wir FaceTime genutzt haben, ersetzen kein persönliches Gespräch, nicht wahr?"

„Ich weiß genau, was du meinst."

Ihr Wasser kam und die Kellnerin fragte sie, was sie wollten. Er wollte sein Steak medium und sie wollte es gut durch. Sie lachten; sie hatten unterschiedliche Vorlieben, wenn es darum ging, wie sie ihr Steak wollten, aber manchmal waren gegensätzliche Vorlieben und Abneigungen eine gute Sache.

Er erzählte ihr von der Begegnung mit einem kleinen Jungen, mit dem er einen Werbespot gedreht hatte. Der niedliche Junge war ein großer Fan gewesen und sie hatten die Szene mehrmals drehen müssen, weil der Kleine so nervös gewesen war.

„Er war so süß." Bret lachte. „Ich habe die Dreharbeiten schließlich unterbrochen und mich draußen mit ihm an einen Tisch gesetzt und eine Limonade mit ihm getrunken und wir haben uns eine Weile unterhalten. Das arme Kind musste sich erst an mich gewöhnen und erkennen, dass ich ein ganz normaler Mensch bin. Wir hätten den Spot nie zu Ende gedreht bekommen, wenn er sich nicht mit mir angefreundet hätte. Als ich das getan habe, hatten wir schon fünfzehn oder sechzehn Aufnahmen gedreht und ich bin niemand, der eine Szene dreißigmal wiederholt, wie manche Leute. Am Ende wurde der Spot wirklich gut. Man wird ihn während des NFR sehen, ich finde die Werbung sehr niedlich. Ich mache gern Dinge, die Kinder ermutigen, ihren Träumen zu folgen."

Das gefiel ihr an ihm. Sie war sich sicher, dass er den Jungen, trotzdem dieser schon vorher ein Fan gewesen war, nun völlig für sich gewonnen hatte. „Ich bin überzeugt, er wird wunderbar."

„Wie geht deine Suche nach einem Job voran?"

Sie trank einen Schluck Wasser. „Ehrlich gesagt habe ich mich gar nicht darum gekümmert. Meine Mom freut sich so sehr, dass ich hier bin, und deine beiden Schwägerinnen sind unglaublich. Nächste Woche findet die Hochzeit eine Freundes deines Bruders Austin statt. Er ist auch Arzt im Krankenhaus. Es wird wunderschön. Und ich weiß nicht… das alles macht mir so viel Spaß, deswegen habe ich noch keine Bewerbungen verschickt. Aber mein Ex-Chef hat mich kontaktiert und gefragt, ob ich es in Erwägung ziehen würde, einen Artikel über Rodeo Reiter im Allgemeinen zu schreiben. Nicht über dich, sondern die Sicht eines Insiders auf den Sport."

„Ah, und was hast du gesagt?"

Sie war sich nicht sicher, ob er wollte, dass sie sagte, dass sie die Anfrage rundheraus abgelehnt hatte oder ob es ihm egal wäre, ob sie Ja oder Nein gesagt hatte. „Ich habe ihm mitgeteilt, dass ich darüber nachdenken werde."

„Wirklich? Heißt das, er stellt dich wieder ein, wenn du das tust?"

„Er meinte, da bestünde eine Möglichkeit, aber ich habe ihm gesagt, dass ich mir auch diesbezüglich nicht sicher sei. Ich denke, wenn ich journalistische Artikel schreibe, dann würde ich das lieber freiberuflich tun."

„Verstehe. Das würde dir mehr Freiheit geben, dort zu leben, wo du leben möchtest, oder?"

Hoffte er, sie würde hierbleiben? „Genau. Ich müsste nicht dort leben, wo der Job ist."

Sie starrten einander an und sie hätte gern gewusst, ob er nur nicht aussprach, dass er wollte, dass sie hierblieb, oder ob er ihr den Raum ließ, das selbst zu entscheiden. Sie wollte ihm nicht sagen, dass sie sich erst entscheiden würde, ob sie bleiben oder gehen würde, wenn sie herausgefunden hatte, was zwischen ihnen beiden vor sich ging. Ob es ihm nun bewusst war oder nicht, er war der entscheidende Faktor. Sie wusste, dass sie sich erneut Hals über Kopf in ihn verliebte. Schon in der kurzen Zeit, die sie hier war und sie ihre Freundschaft erneuert hatten, war ihr klargeworden, dass ihre Gefühle für ihn nie erloschen waren. Aber auch, wenn sie vorgeblich nur versuchten, ihre Freundschaft zu erneuern und es nicht um romantische Gefühle ging, wusste sie doch, dass sie nicht bleiben konnte, wenn ihr erneut das Herz gebrochen wurde. Natürlich lief sie mit offenen Augen in diese Situation. Sie konnte jederzeit gehen, aber wie die Motte, die von der sprichwörtlichen Flamme angezogen wird, konnte sie nicht wegsehen.

* * *

Bret empfand Freude, als er neben Ellie in der Nische saß.

Er hatte sie die ganze Woche über sehen wollen. Und ja, der Ritt morgen Abend würde vielleicht anstrengender sein, weil er tagsüber noch reisen musste und dann abends auf dem Bullen sitzen würde, aber das war nichts Ungewöhnliches und er hatte für sich beschlossen, dass es das absolut wert wäre, auch wenn er nur herkäme und sie nicht mit ihm essen würde. Er blickte sie an und fand, dass es das absolut wert gewesen war. Ihr Gespräch hatte sich nur um banale Themen des Lebens im Allgemeinen gedreht; sie hatten über Dinge gelacht, die in der Welt geschehen waren und über Sachen gesprochen, die er oder sie die Woche über erlebt hatten. Sie waren auf einer freundschaftlichen Ebene geblieben, aber er hatte es genossen, ihr Lachen zu hören, ihre Stimme. Er hatte sie zweimal kurz umarmt, als sie in Missouri gewesen war und sehnte sich danach, das zu wiederholen. Er sehnte sich danach, sie länger in den Armen zu halten. Und er dachte unablässig daran, sie zu küssen.

„Meine Familie bereitet sich auf Thanksgiving vor. Ich schätze, bis es so weit ist, wird es noch etwas kühler geworden sein. Es ist bereits kühler, wenn man Texas verlässt. Was machen du und deine Mutter dieses Jahr? Feiert ihr zu zweit?"

„Ja. Es ist zwei Jahre her, seit Dad gestorben ist, seither waren wir immer nur zu zweit. Ich werde Mom fragen, ob sie einen Ausflug in die Ozark-Berge machen möchte oder so."

„Das klingt doch nett. Wenn ihr wollt, könnt ihr sicher auch auf die Ranch kommen und Thanksgiving mit uns feiern." Ihm war bewusst, dass er mit dieser Einladung vielleicht ein wenig übers Ziel hinausschoss, dass sie diese als mehr als Freundschaft auffassen könnte. Aber vielleicht auch nicht. Nur für den Fall fügte er noch hinzu: „Du weißt schon, es ist Thanksgiving, da kommen Freunde und Familie zusammen und man isst gemeinsam das Thanksgiving Essen."

Sie spielte mit ihrer Serviette. „Danke, ich werde Mom davon erzählen. Vielleicht hat deine Mutter bereits etwas in diese Richtung zu ihr gesagt, ich weiß es nicht. Du weißt, die beiden reden oft miteinander. Nur weil deine Mutter auf Reisen ist – momentan sind sie in Florida, nicht wahr? – heißt das nicht, dass ihre

Freundschaft ins Wanken geraten ist. Die beiden sind wie zwei Erbsen in einer Schote. Tatsächlich habe ich mitbekommen, dass deine Mutter meine bei einem ihrer Anrufe dazu überreden wollte, zu ihr hinunterzufahren und sie zu besuchen. Es ist schön dort, wo sie wohnen, und sie haben dort neue Freunde gefunden. Ich bin mir diesbezüglich nicht ganz sicher, aber ich hege die Vermutung, dass deine Mutter ein wenig kuppelt. Mein Vater ist zwar noch nicht sehr lange tot, aber meine Mutter… wer weiß, vielleicht ist sie einsam. Ich weiß es nicht, bin mir aber sicher, dass deine Mutter mehr Informationen bekommt als ich. Ich glaube, Mom versucht, mich vor ihren Gefühlen und solchen Dingen zu schützen. Eltern versuchen, ihre Kinder davor zu schützen, wie sie sich wirklich fühlen. Deshalb bin ich deiner Mutter sehr dankbar."

Er konnte nicht anders, er streckte seine Hand aus und legte sie auf ihre, die mit der Serviette spielte. Ihre Hand war kühl unter seiner warmen Hand. „Ich hoffe, du weißt, wie froh ich darüber bin, dass wir uns auf diese Freundschaft eingelassen haben. Ich möchte, dass du weißt, dass ich für dich da bin, wenn du etwas brauchst. Es ist ein bisschen merkwürdig, wenn man bedenkt, wie wütend wir all die Jahre aufeinander waren und jetzt schmieden wir diese neue Freundschaft. Und, Ellie, manchmal habe ich das Gefühl, als wären all die Jahre einfach dahingeschmolzen. Und ich möchte, dass du weißt, dass mir all die Schmerzen, die ich dir damals zugefügt habe, wirklich, wirklich leidtun."

Ihr Blick hob sich zu seinem und er entdeckte einen Tränenschimmer in ihren Augen. Sein Mund wurde trocken und er wusste, dass er etwas tief in ihr berührt hatte. „Ich habe nachgedacht. Wir waren jung. Genau wie du es an diesem Tag am Fluss gesagt hast. Als ich damals unterwegs war, war ich dir in Gedanken immer vollkommen treu. Ich hatte dir mein Herz geschenkt. Aber da waren Ablenkungen, ich war einsam und vergaß, dass du nicht wissen konntest, dass es mir nichts bedeutet hat, mit den anderen Mädchen zu reden. Als dann die Boulevardzeitungen durchdrehten, hat dies deinen Schmerz noch verstärkt. Auch wenn ich dir versprechen kann, dass da nie etwas zwischen mir und einem dieser Menschen war, so war ich doch im Unrecht. Ich hätte erkennen müssen, wie sehr es dich verletzt hat, all diese erfundenen Geschichten zu hören und all die Bilder von mir und diesen Mädels zu sehen.

Und ja, manchmal stand ich zu nah bei ihnen. Ich war einfach nur jung und dumm, weißt du? Ich bin mir relativ sicher, dass diese Mädels andere Dinge im Sinn hatten. Ich meine, ich bin nicht dumm. Ich weiß, dass ich ein bisschen wie ein Magnet bin, seitdem wir durch das Öl so viel Geld besitzen. Aber ich war einfach dumm. Das soll keine Ausrede sein. Ich übernehme die volle Verantwortung für alles, was geschehen ist. Hat auch lange genug gedauert, bis ich an diesen Punkt gekommen bin, oder?"

Sie legte ihre andere Hand auf seine. „Bret, zunächst mal, du bist ein Frauenmagnet, ob du nun Geld hast oder nicht. Du könntest völlig pleite sein und trotzdem würde dir jede Frau hinterherjagen, die dir begegnet. Das tat weh. Wenn wir ehrlich sind, es tat weh, und ich war zu jung, um zu verstehen, dass das, was du gesagt hast, die Wahrheit war, dass dir niemand etwas bedeutet hat und nichts vor sich ging. In meinem Inneren befand sich ein grünes, eifersüchtiges Monster und ich hatte einen Haufen Probleme mit meinem

Selbstwertgefühl. Aber es war falsch, von einem Moment auf den anderen zu entscheiden, dass ich es beenden musste. Ich habe für mich selbst entschieden, dass es einfacher wäre, fortzugehen und mir etwas anderes zu suchen, das mir wirklich wichtig erschien. Und wenn ich ehrlich bin, hoffte ich auch, dass du eines Tages an mich zurückdenken würdest und daran, wie sehr du mich verletzt hast und das du mich einfach gehen ließest, wenn du mir als erfolgreiche Journalistin auf der Straße begegnen würdest.

Und so bin ich gegangen, ich habe dich angelogen. Ich habe dir gesagt, dass ich aufs College gehe und jemand anderen kennengelernt habe. Ich hatte niemanden kennengelernt. Der Typ, mit dem ich ausging, war nur jemand, den ich kennengelernt hatte und mit dem ich ein paar Mal ausgegangen bin. Da war nichts Ernsthaftes zwischen uns. Ich hatte ihn bis dahin nicht einmal geküsst. Als ich es dann endlich tat, erwiderte er meinen Kuss nicht einmal. Es war nicht seine Schuld – er war ein wirklich netter Kerl. Aber er wusste die ganze Zeit, dass ich nicht über dich hinweg war. Ich rechne ihm hoch an, dass er es überhaupt mit mir versucht hat. Doch an diesem Abend hat er erkannt, dass da nichts ist, und wir haben es beendet.“

Sie starrten einander an, als das Essen kam. Nachdem die Kellnerin gegangen war, bewegte Bret sich nicht; er blickte sich lediglich in dem spärlich gefüllten Speisesaal um und verarbeitete in Gedanken alles, was sie gesagt hatte. Schuld lastete schwer auf ihm – und Reue. Sie hatten aufgehört, Händchen zu halten, als das Essen gebracht worden war. Jetzt griff er unter dem Tisch nach ihrer Hand, die nun auf ihrem Schoß lag. Er zog sie zwischen sich auf die Bank. „Was bedeutet das für uns? Denn, Ellie, ich möchte, dass du weißt, dass meine Gefühle für dich alles andere sind als nur freundschaftlich. Und ich möchte nichts tun, was diese Freundschaft ruiniert, aber ich habe immer noch Gefühle für dich. Ich möchte dich so sehr küssen – aber ich weiß, dass wir noch nicht so weit sind.“

Ellie wandte den Blick ab und sah dann wieder zu ihm. „Ich habe auch Gefühle, aber ich bin noch dabei, mir über alles klar zu werden.“

Enttäuschung überfiel ihm, doch wenigstens war sie ehrlich. „Dann lass uns jetzt essen und die

Gesellschaft des anderen genießen. Das hat mir gefehlt."

Sie lächelte. „Das ist eine gute Idee."

* * *

Ellies Herz machte Überstunden nach dem Abendessen, als Bret ihr zum Haus ihrer Mutter folgte, um sicherzustellen, dass sie sicher nach Hause kam, und auch, um ihrer Mutter Hallo zu sagen.

Als er durch die Hintertür hereinkam, blickte Betty von ihrem Platz am Frühstückstisch auf, den Fuß auf einen Stuhl gestützt. „Nun, schau, wer da hereinkommt! Bret! Junger Mann, komm her und umarme mich."

Er ging hinüber, bückte sich und umarmte sie.

Ellies Herz zog sich ein wenig fester zusammen. Es war um sie geschehen. So völlig, wann immer es um diesen Mann ging.

Ihre Mutter klopfte ihm auf den Rücken.

Er stand auf und schob seinen Hut zurück. „Wie geht es Ihnen? Fällt es Ihnen schon leichter, zu laufen?"

„Oh, es geht mir schon viel besser. Eigentlich gehe

ich bereits wieder, aber jetzt habe ich den Fuß hochgelegt, weil es doch irgendwann anstrengend wird, den ganzen Tag zu arbeiten und auf den Beinen zu sein."

„Das klingt doch schon ganz gut. Und von meinen Schwägerinnen habe ich gehört, dass dieses Mädel hier nur Gutes tut und die Dinge am Laufen hält."

Ihre Mutter strahlte ihn an. „Ellie macht sich fantastisch, genau wie ich es erwartet hatte. Sie ist nicht nur in Bezug auf die Blumen, sondern auch im Umgang mit Menschen ein Naturtalent, und ihre Kreativität kommt jetzt zum Vorschein. Weißt du, schon als kleines Mädchen hat sie immer Dinge erschaffen. Sie hatte eine große Vorstellungskraft, und das ist eines der Dinge, die sich beim Arrangieren von Blütengestecken und Veranstaltungen als nützlich erweisen. Sie hat alles im Blick."

Er blickte lächelnd von Betty zu ihr. „Ja, Madam. Ich weiß, was Sie meinen."

Nun fühlte sich Ellie etwas unwohl. Sie hatte nicht immer alles im Blick.

„So, ihr beiden", sagte sie. „Wollt ihr weiter über mich reden, als wäre ich nicht hier? Denn das bin ich."

Beide lachten. Bret grinste sie an. „Ich ziehe dich doch nur auf, Ellie. Ms. Seton, ich wollte nur Hallo sagen und mal schauen, wie es Ihnen geht. Ich bin extra heute Abend eingeflogen, um Ellie zum Abendessen auszuführen, und morgen werde ich ein paar Dinge mit Jake erledigen, bevor ich wieder abreise, aber ich wollte vorbeikommen und Sie besuchen und mich vergewissern, dass es Ihnen gutgeht."

„Mir geht es prächtig. Danke, dass du gekommen bist, um nach mir zu sehen. Ich bin überrascht, dass du Ellie zum Abendessen ausgeführt hast, aber ich freue mich darüber. Ich, nun, ich möchte, dass ihr zwei glücklich seid, was auch immer dazu nötig ist. Es freut mich, dass ihr nach all der Zeit wieder miteinander redet. Deine Mutter auch."

„Ja, Madam. Das hat sie mir auch schon gesagt, aber ich schätze, Ellie und ich brauchten einfach Zeit, um erwachsen zu werden. Ich weiß nicht… ich möchte nichts Falsches sagen, aber es ist kompliziert, was zwischen uns geschehen ist. Aber ich bin froh, dass wir wieder Freunde sind. Wie auch immer, ich muss los. Aber wenn Sie etwas brauchen, dann rufen Sie mich an.

Ich bin vielleicht am anderen Ende des Landes, aber ich werde dafür sorgen, dass Sie bekommen, was immer Sie benötigen."

„Ach, nun lass doch. Du weißt genau, dass ich dich nicht anrufen werde, schon gar nicht, wenn du am anderen Ende des Landes bist. Ich habe viele Freunde hier, die mir helfen können. Aber vielen Dank, junger Mann."

Ellie schüttelte den Kopf, als sie ihm aus dem Zimmer folgte und sah, wie der Mund ihrer Mutter die Worte *Was ist los?* formte. Sie schüttelte bloß den Kopf, folgte ihm und schloss die Tür hinter sich. „Ich habe dir gesagt, dass du Staub aufwirbeln würdest, wenn du mit hierherkämest, um meiner Mutter Hallo zu sagen. Sie und deine Mutter sehen uns jetzt wahrscheinlich schon als halb verheiratet an. Als Mom mitbekam, dass ich zum Rodeo nach Springfield geflogen bin, habe ich ihr nur gesagt, dass wir an unserer Freundschaft arbeiten. Jetzt weiß ich auch nicht… vielleicht machen wir ihnen Hoffnungen."

Sie hatten den Truck erreicht. Er öffnete die Tür und legte eine Hand oben auf den Rahmen, bevor er sich zu ihr beugte. „Ellie, ich dachte, ich hätte beim Abendessen deutlich gemacht, dass ich gern mehr möchte als das, was wir bisher haben."

Ihre Wangen röteten sich. Sie hatte diesen Gedanken beiseitegeschoben und wusste es. „Ich weiß. Ich bin nur vorsichtig."

Er starrte sie einen langen Moment an und sie hielt seinem Blick stand, fest entschlossen, nicht wegzuschauen. Dann streckte er seinen freien Arm aus, legte ihn um ihren Rücken und zog sie sanft zu sich. Es war eine einfache, ungezwungene Bewegung, die ihr viel Zeit gab, seinem Arm zu entschlüpfen, der auf ihrem unteren Rücken lag. Sie trat nicht zur Seite; stattdessen trat sie einen Schritt vor, sodass sich ihre Körper berührten.

Während sein einer Arm immer noch den oberen Teil der Tür hielt, neigte er seine Stirn herab, sodass sie ihre berührte. „Ellie, es kostet mich meine gesamte Willenskraft, dich nicht zu küssen. Deswegen werde ich es jetzt aussprechen und dich fragen. Darf ich?"

Durfte er sie küssen? Sie hatte schon im Restaurant beinahe einen Herzinfarkt erlitten, als er es zum ersten

Mal erwähnt hatte. Doch jetzt waren sie allein, und sie wusste genau, dass sie eine Heuchlerin wäre, wenn sie Nein sagte, weil sie ihn auch küssen wollte. Doch sie brachte kein Wort über die Lippen, also nickte sie, während seine Stirn an ihrer lag. Sie sah, wie er lächelte, und dann zog sein Arm sie ein wenig näher und seine Lippen bedeckten ihre.

Es war ein langsamer, sanfter, warmer Kuss voller Emotionen. So vieles geschah in ihrem Körper bei dieser kurzen, wunderbaren Berührung ihrer Lippen. Sie schlang einen Arm um seine Taille und ihre Hände gruben sich in den weichen Baumwollstoff seines Hemdes. Er vertiefte den Kuss und ihre Knie wurden weich. Das war jedes Mal geschehen, wenn dieser Mann sie geküsst hatte. Nichts dergleichen hatte sie jemals verspürt, wenn sie einen anderen geküsst hatte. Sie wusste, was der Unterschied war: sie liebte Bret Tanner. Sie liebte ihn sehr – manchmal törichterweise, aber geliebt hatte sie ihn immer. Sie war atemlos, als er sie losließ.

Seine Augen blickten intensiv und aufrichtig, als er sie nun forschend ansah. „Ich hoffe, ich habe dich damit jetzt nicht in die Flucht getrieben, Liebling, denn das ist das Letzte, was ich möchte."

„Ich werde nicht fliehen." Dann lächelte sie und ein wunderbarer Ausbruch reiner Freude machte sich in ihrem ganzen Körper breit. Sie betete, dass es diesmal funktionieren würde.

KAPITEL FÜNFZEHN

Die Hochzeit war wunderschön. Ellie stand mit Rita und Tulip etwas abseits und beobachtete die Gäste dabei, wie sie die hübsche Dekoration des Empfangs bewunderten. Ellies Stolz auf das, was sie erreicht hatten, summte in ihr. Sie hatte die Vorbereitungen geliebt. Ja, es hatte ihr auch Spaß gemacht, interessante Leute zu interviewen, aber das waren meistens berühmte Menschen gewesen und deren beinahe elitäres Selbstbild war ihr irgendwann ziemlich auf den Geist gegangen. Das betraf natürlich nicht alle von ihnen, aber viele hatten irgendwie den Sinn für die Realität verloren. Und zwischen dieser Arbeit und dem hier – dem Ausrichten einer Hochzeit für ein junges Paar, dessen Eltern, Freunde und Familie zusammengekommen waren, um ihnen ein glückliches

Leben zu wünschen – sie wusste, was ihr selbst mehr bedeutete. Sie hatte daran mitgewirkt, die verwendeten Blumen zusammenzustellen. Diese Hochzeit war von einer wohlhabenden Familie ausgerichtet worden und sie hatten mehr und teurere Blumen verwendet als für eine Hochzeit mit kleinerem Budget, aber Ellie und die Mädchen hatten eine genauso schöne Hochzeit in einer einfacheren Umgebung mit einfacheren Blumen organisiert und das hatte Ellie mit dem gleichen Stolz erfüllt. Dieses Gefühl, das in ihr aufstieg, als sie die Freude und das Glück in allen Gesichtern sah, hatte das Potential, sie süchtig zu machen. „Mädels, ich liebe das.“

Rita stieß sie mit dem Ellbogen an. „Ich wusste es. Ich habe Tulip gesagt, dass ich das Gefühl habe, dass du es einfach lieben würdest. Es ist etwas anderes als immer nur im Blumenladen hinter dem Tresen zu stehen. Mit der Fotografie ist es dasselbe. Ich komme mal raus und ich liebe es.“

„Mir geht es genauso“, fügte Tulip mit einem Glucksen hinzu. „Ich bin sowieso lieber draußen, ich würde verrückt werden, wenn ich die ganze Zeit drinnen festsitzen würde. Cole müsste sein gesamtes Geld dafür ausgeben, mit mir einen Ausflug nach dem nächsten zu machen, damit ich nicht völlig verrückt werde."

Darüber lachten sie alle.

Ellie kannte alle Tanner-Brüder. Sie waren normale Kerle – waren es schon immer gewesen – junge Cowboys, die das Land liebten, gerne ritten, mit den Rindern arbeiteten und im Fluss spielten. Ein Bild tauchte plötzlich vor ihrem inneren Auge auf: Bret in tiefsitzenden Badehosen, angespannte Teenagermuskeln, als er sich an ein Seil klammerte und über den Fluss schwang und sich dann mit einer Arschbombe ins kühle Wasser fallen ließ. „Ich glaube, ich kenne Bret und seine Brüder von uns allen am längsten. Sie waren immer schon entspannte, ganz normale Typen. Ich erinnere mich daran, als ihre Familie auf das Öl stieß. Es hat ihr Leben verändert. Bret und ich waren damals zusammen und er und seine Brüder schienen alle unterschiedlich damit umzugehen. Ihr könnt es euch vorstellen, zu Beginn war da diese gewaltige Aufregung, plötzlich mehr Geld zu besitzen, als man sich das jemals hätte träumen lassen. Die wurde schnell durch die Erkenntnis ersetzt, dass sich ihr Leben verändert hatte. Bret ist nie von seinem ursprünglichen Plan abgerückt, NFR-Champion zu werden. Er war nicht länger darauf angewiesen, seinen ganzen Körper von einem Bullen durchschütteln zu lassen um seinen Lebensunterhalt zu verdienen, doch das war sein Traum und er tat es trotzdem. Ich glaube, Levi und Jake hatten mehr Probleme damit, da sie noch jünger waren, und es freut mich zu sehen, wie reif sie beide geworden sind und wie großartig sie heute damit umgehen. Und Cole und Austin – die beiden waren immer wie Felsen in der Brandung."

„Levi hat mir erzählt, dass er und Jake Probleme hatten, aber die hat er hinter sich gelassen. Er ist ganz klar kein Fan von Paparazzis. Das ist denke ich keiner von ihnen. Aufgrund seiner Arbeit ist Bret mehr an sie gewöhnt als die anderen. Zum Glück haben sie sich im Laufe der Jahre an alles gewöhnt und ihre Interessen verfolgt. Diese Benefizveranstaltung für die Krebsforschung und die neue Krebsabteilung des Krankenhauses war ein solcher Segen und eine äußerst gute Möglichkeit, den Reichtum zu nutzen, der ihnen gegeben wurde."

Tulip stimmte Ritas Worten nickend zu. „Cole hat das geliebt. Er hat mir anvertraut, dass er noch vor Kurzem darüber nachgedacht hat, mehr tun zu wollen. Jetzt, wo er sesshafter ist, möchte er mehr Sachen tun wie diese, mit seinen Brüdern eine Stiftung gründen, die sich um solche Dinge kümmert. Und mit uns dreien und unserer Partnerschaft haben sie glücklicherweise genau die Unterstützung, die sie brauchen, um derartige Projekte auf die Beine zu stellen. Das begeistert mich. Ich liebe den landschaftsgärtnerischen Teil davon. Ich war ganz aus dem Häuschen, an der Vorbereitung dieses Gartens für einen solchen Anlass beteiligt zu sein."

Zufriedenheit erfüllte Ellie und sie wusste, dass diese Partnerschaft ein Geschenk des Himmels war. Es wunderte sie immer noch, wenn sie daran dachte, was dazu geführt hatte, dass sie zurück nach Hause gekommen war: der Verlust ihres Arbeitsplatzes, der Unfall ihrer Mutter und, das seltsamste von allen: der Versuch, von Bret ein Interview zu bekommen. Sie ignorierte den plötzlich auftretenden, beinahe schmerzhaften Knoten, der sich in ihrer Brust bildete, als sie an die Familie dachte, die sie noch immer haben wollte, ihre und Brets Familie. Hoffnung durchströmte sie und Wünsche, stark und von ganzem Herzen, wirbelten durch sie wie in die Luft steigende Seifenblasen. Sie betete, dass all die lange zurückliegenden Hoffnungen und Träume doch noch wahr werden könnten.

Brets Kuss, gestern bevor er gegangen war, hatte das in ihr ausgelöst. Sie betete, dass er einen guten Ritt absolvierte, denn sie wusste, dass er bald auf einem Bullen sitzen würde. Er war aufgeregt gewesen, als er gegangen war. Und doch auch traurig. Er hatte ihr gestanden, dass es ihm schwerer und schwerer fiel, weg zu sein, wenn er wusste, dass sie hier in der Stadt war. Seine Worte waren wie Balsam für ihr schmerzendes Herz gewesen und hatten den hoffnungsvollen Gedanken den Weg bereitet, dass sich ihre Beziehung vollständig reparieren ließe.

Das Brautpaar nahm dem Bandleader das Mikrofon ab und zeigte Arm in Arm auf Ellie, Rita und Tulip. „Meine Braut und ich", sagte der grinsende Bräutigam, „möchten unseren drei äußerst erstaunlichen Hochzeitsplanerinnen — unserem Hochzeitsplanungsteam — unseren Dank aussprechen.

Sie, meine Damen, haben bemerkenswerte Arbeit geleistet, und diese Hochzeit ist genauso, wie meine Braut sie sich gewünscht hat. Und dafür danke ich Ihnen von ganzem Herzen. Ich musste nur noch herkommen und hoffen, dass ich selbst genug bin. Ihr drei am Steuer habt für alles gesorgt und an alles gedacht. Ich möchte euch meinen tief empfundenen Dank aussprechen. Und wenn einer von euch darüber nachdenkt zu heiraten, eine Wohltätigkeitsveranstaltung oder etwas Ähnliches auf die Beine zu stellen, dann können wir euch diese Drei uneingeschränkt empfehlen."

Alle klatschten und Ellie und ihre beiden Partnerinnen verneigten sich leicht und hoben dann die Hände und winkten zum Dank.

* * *

„Du bist verrückt", sagte Jake gedehnt und mit ungläubiger Stimme.

„Ja, ich weiß, Mann. Ich wusste, dass du das sagen würdest. Ich komme mir auch verrückt vor, aber ich kann nicht anders. Ich werde in etwa dreißig Minuten landen, bitte komm mich abholen." Es war drei Uhr morgens, und Bret saß in einem Privatjet auf dem Weg nach True Love. Eigentlich war er auf dem Weg nach Stonewall, das Flugzeug würde wieder auf dem privaten Flugplatz der McCoys landen. Er verlangte von seinem Bruder, dass dieser aus dem Bett kroch und ihn abholen kam. Er wusste, dass Jake das tun würde, aber nicht, bevor er ihn damit aufgezogen hatte, wie seltsam er sich verhielt.

„Ich stehe bereits auf. Ich weiß nämlich, dass du, egal wie verrückt du auch bist, auch für mich da wärst, wenn ich dich um drei Uhr morgens anrufen und aus dem Bett holen würde. Und ich muss sagen, es freut mich, dass du und Ellie dabei seid, die Dinge zwischen euch zu klären. Das fühlt sich irgendwie richtig an. Weiß sie, dass du zurück in die Stadt kommst?"

„Nein. Wahrscheinlich wird sie ebenfalls sagen, dass ich verrückt bin, aber ich muss sie einfach sehen. Ich kann nichts dagegen tun."

Jake lachte. „Ich fahre in einer Minute los. Ich werde am Flugplatz auf dich warten."

„Das habe ich gehofft. Du bist ein guter Kerl, Jake Tanner."

Er lächelte, als er den Hörer auflegte und sich in

den bequemen Ledersitz des Privatjets sinken ließ. Momentan nutzte er Geld wie andere Wasser, doch das kümmerte ihn nicht wirklich. Er hatte nie um all das Geld gebeten, dass ihnen das Öl einbrachte und das auf ihrem Land sprudelte wie ein reißender Fluss. Aber jetzt war er froh, es nutzen zu können. Dadurch konnte er nach Hause reisen und seinen Schatz sehen. Er grinste bei diesem Gedanken. Ja, es hatte ihn ganz schön erwischt.

Er schloss die Augen und ignorierte seine schmerzende Schulter. An diesem Abend hatte er nur knapp einen Sieg errungen. Seine Platzierung war solide; noch immer war er es, den es dieses Jahr beim NFR in Las Vegas zu schlagen galt. Doch das kümmerte ihn nicht wirklich. Im Moment stand Ellie ganz oben auf der Liste seiner Prioritäten. Und er wusste, dass sie dort für immer sein würde. Nichts auf dieser Welt würde jemals wieder zwischen ihn und seine Liebe zu ihr kommen.

* * *

Ellie wachte durch ein leises Klopfen an ihrem Fenster

auf. Sie sah auf die Uhr; es war 3:45 Uhr. Sie lauschte.

Ein Schauer durchfuhr sie, als ihr klar wurde, dass das Klopfen an ihrem Fenster Absicht war. *Wer mochte zu dieser frühen Stunde an ihr Fenster klopfen?* Zunächst war sie versucht, einfach liegenzubleiben und weder zum Fenster zu gehen noch die Vorhänge beiseitezuschieben, aus Angst vor dem, was sie erblicken mochte. Aber sie lebte bei ihrer Mutter, auf dem Land; hier draußen gab es niemanden, der an ihr Fenster klopfte und ihr schaden würde. Ihr Herz machte einen kleinen Satz. *Konnte das Bret sein?* Bestimmt nicht. Er war der Einzige, der ihr einfiel, der an ihr Fenster klopfen würde. Aber er war in Cheyenne, Wyoming.

Sie krabbelte aus dem Bett, ging zum Fenster hinüber und zog den Vorhang ein Stück zur Seite. Dann hörte sie es.

„Öffne das Fenster, Ellie. Ich bin es, Bret."

Aufgrund des schwachen Lichts konnte sie ihn kaum sehen, doch sie machte eine Gestalt aus und ihr Herz begann unregelmäßig in ihrer Brust zu hüpfen. Sie zog den Vorhang zurück, öffnete die Riegel und schob das Fenster nach oben. Er stand im Blumenbeet und grinste sie an. Er trug einen Cowboyhut aus Filz, ein graues T-Shirt, Jeans und Stiefel. Sein Haar war zerzaust und er sah verdammt müde aus, aber oh, so unglaublich gut.

„Was machst du hier?"

„Nun, ich dachte, das wäre offensichtlich. Ich bin hier, um dich zu sehen."

„Aber es ist fast vier Uhr morgens. Solltest du nicht in Cheyenne sein?"

„Nun, ich war dort und habe beim Bullenreiten gewonnen, doch dann bin ich in ein Flugzeug gestiegen und nun bin ich hier. Ich wäre schon früher hier gewesen, aber die anderen Bullenreiter sind einfach nicht aus dem Knick gekommen. Ich musste warten, bis alle durch waren, bevor ich mich auf den Weg machen konnte."

Sie grinste von einem Ohr zum anderen. „Ich kann es kaum glauben, aber ich bin so froh, dich zu sehen. Und ich bin froh, dass du gewonnen hast."

Er umfasste ihr Gesicht durch das offene Fenster und zog sie zu sich, als er nähertrat, das Fensterbrett zwischen ihnen. Er neigte den Kopf zur Seite und küsste ihre Lippen, während er mit beiden Daumen ihren Kiefer nachzeichnete. Sie seufzte an seinem Mund, liebte es, wie er sich anfühlte und dass er nach einem anstrengenden Ritt den ganzen Weg nach Hause geflogen war, nur um bei ihr zu sein.

„Ich bekomme dich nicht aus dem Kopf, Ellie. Ich denke ständig an dich. Ich wäre heute Abend beinahe nicht geritten. Ich konnte nicht anders… ich hätte das Flugzeug um ein Haar noch eher bestellt und wäre direkt nach Hause gekommen."

„Ich vermisse dich auch und ich bin wirklich froh, dass du mich vermisst. Aber du musst reiten – du weißt, dass du reiten wirst."

„Nein, das weiß ich nicht. Ich muss dir etwas sagen, Ellie. Es ist nicht so wie damals, als ich ein junges Kind war, noch grün hinter den Ohren und davon träumte, Champion im Bullenreiten zu werden, und vergaß, was im echten Leben wichtig ist, abseits meines professionellen Lebens. Im Moment zählt für mich nichts außer dir. Überhaupt nichts."

„Wow. Du musst konzentriert bleiben, Bret. Du

sagst das jetzt, aber ich weiß, dass du das nicht so meinst. Bullen zu reiten, bedeutet dir alles und du wirst dieses Jahr aller Voraussicht nach gewinnen, also musst du mich fürs Erste vergessen und dich auf das Reiten konzentrieren."

Er grinste, küsste kurz ihre Lippen und zog sich dann lachend zurück. „Ellie Seton… macht sich Sorgen darüber, ob ich das NFR gewinne. Lass es sein, meine Liebe. Ob ich dieses Jahr gewinne oder verliere, ist mir völlig egal. Was wichtig ist, bist du."

Er küsste sie und sie verschmolz mit ihm, doch das Fensterbrett zwischen ihnen beiden machte es etwas unangenehm.

„Also, was jetzt?", fragte sie.

„Nun, es ist vier Uhr morgens. Im Flieger war ich zu angespannt und unruhig um zu schlafen und meine Schulter wurde ganz schön in Mitleidenschaft gezogen und pocht. Deswegen werde ich jetzt, wo ich dich gesehen und meinen Kuss bekommen habe, wohl nach Hause fahren und mich für ein paar Stunden hinlegen."

„Was hältst du davon, jetzt wo ich ohnehin schon wach bin und wahrscheinlich länger nicht mehr einschlafen kann, wenn du hereinkommst und dich ins Gästezimmer legst und ich wecke dich dann in ein paar Stunden?"

„Bist du sicher?"

„Ja, bin ich. Komm schon. Ich öffne dir die Hintertür. Wir sehen uns dort."

Sie schloss das Fenster, als er zurücktrat und auf die Ecke zuging, wo er sich umdrehte und in Richtung Hintertür abbog. Sie schnappte sich einen Morgenmantel und zog ihn über ihr T-Shirt und die Schlafshorts. Sie grinste immer noch, als sie in die Küche ging und zur Tür, um diese aufzuschließen.

Er kam herein und zog sie sofort in seine Arme, hielt sie fest und atmete sie ein. Er küsste ihr Ohr, ihr Kinn und küsste dann noch einmal ihre Lippen. „Ich hätte nicht gedacht, dass du mich bitten würdest, hereinzukommen und auf dem Bett dort hinten zu schlafen, aber ich werde es tun, denn das bedeutet, dass ich dich wiedersehen werde, sobald ich aufwache."

Sie lachte und fühlte sich so unglaublich glücklich. „Nun, ist dir nicht klar, dass ich das angeboten habe, damit ich dich sehen kann, wenn du aufwachst?"

Er umfasste ihren Kiefer mit seinen Händen. „Liege ich falsch oder haben wir die Grenze zu verbotenen Gefilden überschritten?"

Sie wusste, was er wissen wollte. Sie wusste, dass er fragte, ob sie auf dem Weg waren, sich ineinander zu verlieben, das die verbotenen Gefilde ein Ort waren, von dem sie sich nicht sicher waren, dass sie dorthin vordringen wollten. „Ich denke, du hast recht. Ich denke, als wir diesen Weg eingeschlagen haben, wurden unsere Emotionen geweckt und fingen an, sich wie ein Schneeball zu formen, der einen schneebedeckten Berg hinuntersaust und immer mehr Geschwindigkeit aufnimmt."

Er grinste und Aufregung durchfuhr ihren ganzen Körper. „Ich mag diese Analogie. Im Moment sause ich wirklich ziemlich schnell den Berg hinunter. Ich bin verrückt nach dir. Und ich möchte nur, dass du weißt, wie ich schon sagte – habe ich es schon gesagt? Damals habe ich mir von meinen Hoffnungen und Träumen und meiner Unreife die Sicht vernebeln lassen, doch jetzt befindest du dich genau im Scheinwerferlicht, meine Süße, und es gibt nichts, was mir mehr bedeutet als du."

Mit diesen Worten drehte er sich um und ging den Flur hinunter. Er wusste, wo das Gästezimmer war; er war schon im Haus ihrer Mutter gewesen. Er hatte noch nie in diesem Zimmer geschlafen, aber die Tür stand immer offen und das Haus war nicht besonders groß. Sie beobachtete, wie er an der Tür stehenblieb, bevor er hineinging. Er grinste sie an. Sie lächelte ihn an, und dann ging er hinein und schloss die Tür.

Mit einem Seufzer drehte sie sich um und ging zur Kaffeemaschine. Sie brauchte starken Kaffee. Denn sie steckte in großen Schwierigkeiten. Sie war verliebt, und wenn es stimmte, was er gerade gesagt hatte, dann war er es auch. Konnte sie hoffen?

KAPITEL SECHZEHN

Bret betrat die Küche gegen halb acht. Der intensive Kaffeeduft zog ihn hinüber zur Kaffeemaschine, wo er sich eine Tasse einschenkte. Er drehte sich um, lehnte sich gegen die Küchentheke und fuhr sich mit der Hand durch das zerzaustes Haar. Sein Körper schmerzte, aber er lächelte, als ihm klar wurde, dass er in der Küche von Ellies Mutter stand. Auf dem Tresen lag ein Zettel; als er ihn entdeckte, griff er danach. „Dusche gerade. Bin gleich fertig. Genieß schon mal eine Tasse Kaffee. Warme Kekse und Würstchen sind im Ofen."

Er lächelte, legte den Zettel beiseite und trank einen Schluck Kaffee. Er ließ seinen Körper und sein umnebeltes Gehirn von der Wärme durchdringen. *Wie wäre, sich nicht jeden Morgen so zu fühlen, als ob er vermöbelt worden wäre? Sich im Bett herumzudrehen und Ellie zusammengekuschelt neben ihm vorzufinden?* Der Gedanke wärmte ihn und sorgte dafür, dass er sich Dinge wünschte, an die er jetzt besser nicht dachte. Er hörte, wie eine Tür geöffnet wurde und erwartete, dass Ellie hereinkam. Stattdessen war es ihre Mutter.

Betty lächelte ihn an. „Guten Morgen. Wie geht es dir, Weltreisender? Ellie hat mir berichtet, dass du sie heute Morgen überrascht und an ihr Fenster geklopft hast. Hast du gut geschlafen?"

„Ja, Ma'am, habe ich. Ich hoffe, Sie haben nichts dagegen, dass ich hier auf diese Art und Weise aufgetaucht bin. Nachdem ich gestern Abend mit dem Reiten fertig war, konnte ich einfach nicht länger fortbleiben." Er blickte die ältere Frau an und erkannte eine gewisse Skepsis in deren Augen. „Ms. Betty, ich weiß, dass ich Ihrer Tochter damals wehgetan habe, als wir zusammen waren und ich quasi allein in den Sonnenuntergang ritt – und sie praktisch sitzengelassen habe. Das wollte ich nicht einmal. Ich war jung und dumm, schätze ich. Ich wusste nicht, was ich da tat, aber wenn ich heute darüber nachdenke, ja, dann weiß ich, was ich getan habe. Ich versuche, die Fehler der Vergangenheit auszubügeln. Ich weiß nicht, ob Ellie mich haben will, aber ich möchte Ihnen dafür danken, dass Sie keinen Groll gegen mich gehegt haben – zumindest kommt es mir nicht so vor, als hätten Sie Groll gegen mich gehegt. Meine Mutter hat mir erzählt, dass sie beide damals Hoffnungen hatten, aber seither nicht viel darüber gesprochen haben."

Betty kam herüber und tätschelte seinen Arm, als sie nach der Kaffeekanne griff. „Bret, deiner Mutter und mir war einfach klar, dass das, was zwischen dir und Ellie vor sich ging, eben zwischen dir und Ellie war und dass unsere Freundschaft nicht auf dem fußen sollte, was ihr tut oder nicht. Außerdem hatten wir beide das Gefühl, dass es schon funktioniert hätte, wenn es so hätte kommen sollen. Du warst jung und hast nach den Sternen gegriffen. So vieles hat deine Aufmerksamkeit beansprucht, ihr seid auf Öl gestoßen, die Paparazzi und dann natürlich der ganze Ruhm, der dich plötzlich umgab. Ich entschuldige nicht, was du getan hast, aber ich kann es verstehen. Meine Ellie, sie ist stark und kommt mit allem klar. Du kannst sehen, dass ihr das gelungen ist. Ich werde es dabei belassen: was zwischen dir und Ellie ist, ist zwischen dir und Ellie. Ihr beide habt meine aufrichtige Ermutigung, aber ich muss sagen, wenn du den ganzen Weg hierher, zurück in ihr Leben, nur geflogen bist, um alte Gefühle wieder anzufachen und dann erneut fortzugehen, dann werde ich dir gegenüber dieses Mal nicht so nachsichtig sein. Aber das wirst du nicht tun, oder?"

„Nein, Ma'am. Das werde ich nicht. Ich wäre nicht zurückgekommen, wenn ich nicht endlich verstanden hätte, dass ich Ellie in meinem Leben will. Das habe ich ihr letzte Nacht gesagt, aber sie hat nichts darauf erwidert. Ich habe über alles nachgedacht und die Leute werden vielleicht denken, dass ich verrückt geworden bin, aber wenn Ellie mich will, dann würde ich auf der Stelle mit dem Bullenreiten aufhören."

Betty trat einen Schritt zurück und musterte ihn. Ihr Gesichtsausdruck war voller Fragen. „Ich denke, du meinst das ernst. Aber warum solltest du das jetzt tun? Du stehst ganz oben auf der Rangliste – du bist der Favorit dieses Jahr."

„Das habe ich schon einmal geschafft, die Schnalle,

der Ruhm, die Anerkennung – ich würde es vielleicht nicht Ruhm nennen, ich bin schließlich kein Filmstar oder so – aber als ich letzte Nacht von dem Bullen stieg und mir jeder auf die Schulter klatschte, weil es ein guter Ritt gewesen war, da konnte ich an nichts anderes denken. Ich hinkte und meine Schulter schmerzte und alles, woran ich denken konnte, war, dass ich gern hierher zurückkehren und Ellie sehen wollte. All das andere schenkte mir keinen Trost. Ich bin heute Morgen allein aufgestanden, so wie ich es sonst auch tue, aber diesmal war da die Gewissheit, dass Ellie auf der anderen Seite des Flurs war. Und in einer Minute wird sie durch diese Tür kommen und ich hoffe, dass sie in meine Arme kommt. Gestern Abend ist mir klargeworden, dass es das ist, was ich will… was ich brauche, und ich möchte von Ihnen wissen, ob das für Sie in Ordnung ist?"

„Ob was für sie in Ordnung ist?", fragte Ellie von der Tür aus.

Betty tätschelte seinen Arm. „Ja." Dann lächelte sie, nahm ihren Kaffee, ging den Flur entlang und schloss die Tür hinter sich.

Ellie lächelte ihn an. „Ich weiß nicht, worüber du und Mom gesprochen habt, aber sie schenkte mir ein kleines Lächeln, bevor sie an mir vorbeiging. Ihr müsst euch gut unterhalten haben. Ich muss sagen, ich mag es, dich morgens in der Küche anzutreffen.“

Das Leuchten in ihren Augen ließ ihn seinen Kaffee absetzen und er breitete die Arme aus. Zu seiner vollkommenen Freude schritt sie durch den Raum und schmiegte sich in seine Arme. Er legte sie fest um sie, spürte, wie sich ihr Körper an seinen Körper kuschelte. Sein Herz schlug so heftig in seiner Brust, dass er dachte, es würde jeden Augenblick herausfallen. *Das. Das war es, was er wollte.* Er küsste ihre Schläfe und dann hob er ihr Kinn und sah in ihre großen, wunderschönen Augen.

„Ich denke, wir sollten uns unterhalten. Hast du Lust auf eine kleine Fahrt?“

„Sicher. Aber musst du nicht in ein Flugzeug steigen und zu irgendeinem Rodeo fliegen?“

„Nicht heute, Liebling. Komm schon.“

Er nahm ihre Hand und wollte sie küssen. Doch er tat es nicht; er führte sie durch die Hintertür hinaus und öffnete die Tür des Ranch-Trucks, den er fuhr. Er öffnete die Beifahrertür und wartete, bis sie eingestiegen war. Dann grinste er sie an, beugte sich vor und küsste ihre Lippen. Er schloss die Tür, ging vorn herum zur Fahrerseite und stieg ein. „Schnall dich an, meine Süße. Auf geht's."

Sie lachte und sie grinsten einander an. Glück durchströmte ihn und er wusste, dass alles richtig war. Er fuhr die Landstraße entlang. Sie schlängelte sich durch Buschwerk, gekrümmte Eichen und Desperado-Salbei, der mit seinen violetten Blüten und staubigen grünen Blättern entlang der Straße blühte. Als er den Parkplatz erreichte, zu dem er hatte kommen wollen, parkte er den Truck, ging um ihn herum und traf sie auf der Beifahrerseite.

Er nahm ihre Hand und schritt den kleinen Pfad hinunter, der zu ihrer Stelle am Fluss führte. Schweigend gingen sie gemeinsam den Weg entlang. Wie oft waren sie hierhergekommen? Beim letzten Mal waren sie nicht zusammen gewesen und es hatte nicht gut geendet. Er hasste es, das zu sagen, aber Gott sei Dank war ihre Mutter von der Leiter gestürzt und hatte sich den Knöchel angeschlagen. Manche Dinge passierten auf verrückte Weise und dieser Unfall hatte eine Menge Gutes bewirkt. Ellie war in der Stadt geblieben und hatte sich mit ihm arrangieren müssen, genauso wie er mit ihrer Anwesenheit hatte klarkommen müssen. Wenn es die Wohltätigkeitsveranstaltung nicht gegeben hätte, hätte er, hitzköpfig und wütend, wie er war, wahrscheinlich auf der Stelle ein Flugzeug geordert und wäre nicht geblieben. Gott sei Dank war es anders gekommen.

Als sie den Grund der Schlucht erreichten, führte er sie zu dem Felsen hinüber und nahm dann ihre beiden Hände. Sie standen da und blickten einander an. Ein Lächeln zuckte um ihre Lippen und ihr Gesichtsausdruck war fragend. Aber sie sagte nichts und er wusste, dass sie nur darauf wartete, dass er etwas sagte.

Er drückte ihre Hände. „Ellie, ich gebe morgen meinen Rücktritt bekannt."

Überrascht sah sie ihn an. „Warum? Geht es dir gut? Hast du dich erneut verletzt?"

Er lächelte. Und dann lachte er. „Nein, ich habe

mich nicht verletzt. Ich habe mir alles ganz genau angesehen und nun schaue ich mir dich ganz genau an. Und ich sage dir dasselbe, was ich schon deiner Mutter heute Morgen gesagt habe. Als ich gestern Abend von diesem Bullen stieg, war dies ein großartiger Ritt – einer der besten meiner Karriere. Aber dieser Ritt hält mich nachts nicht warm oder bereitet mir Freude, wenn es Tag ist. Ich gewinne einen und dann ist es erledigt. Sie sind nichts Besonderes – nun ja, das vielleicht auch nicht, aber du weißt schon, wie ich es meine. Doch du bist ein Juwel. So etwas findet man nur einmal im Leben und ich möchte dich nicht verlieren. Ich möchte, dass du für den Rest meines Lebens bei mir bist und ich möchte nicht jeden Morgen so zerschlagen und verletzt und voller Schmerzen aufwachen. Ich möchte mein Leben mit dir genießen, deswegen werde ich nicht mehr Reiten." Ihre Hände noch immer festhaltend, ließ er sich vor ihr auf ein Knie sinken.

Sie schnappte nach Luft. „Was tust du?"

Er grinste. „Ich tue etwas, das ich schon vor langer, langer Zeit hätte tun sollen. Ellie Seton, ich frage dich aus tiefstem Herzen, willst du meine Frau werden?

Gestattest du mir, dich zu lieben und den Rest meines Lebens mit dir zu verbringen und dir alles zu geben, was ich habe, aber vor allem mein Herz und meine Liebe?"

Tränen rannen ihr über die Wangen. „Ich will. Aber du musst nicht mit dem Reiten aufhören."

Er stand auf, schloss sie in seine Arme und küsste sie. „Oh doch, Liebling, denn ich will keine weitere Nacht mehr unterwegs sein. Ich möchte jeden Tag hier in True Love verbringen, in unserem Haus, auf unserem Grundstück und unsere Kinder mit dir großziehen. Diese Kinder verfolgen mich bereits seit Jahren und ich denke, es ist an der Zeit, dass wir damit beginnen, sie endlich in die Welt zu setzen."

Sie lachte gegen seine Lippen. „Ich denke, dass du, Bret Tanner, die besten Ideen der Welt hast."

Über die Autorin

Der Name der zeitgenössischen Bestseller-Autorin Hope Moore ist das Pseudonym einer preisgekrönten Autorin, die in Texas lebt und von Cowboys umgeben ist. Sie liebt es, Liebesromane und Happy Ends zu verfassen. Ihre herzerwärmenden Liebesromane sind voller schöner Helden, die es zu lieben gilt und wagemutiger Frauen, die ihre Herzen gewinnen.

Wenn sie nicht gerade schreibt, versucht sie hartnäckig, nicht zu kochen, da sie von Erdnussbuttersandwiches, Kaffee und Käsekuchen leben könnte. Seit sie schreibt, ist sie kaum noch in sozialen Medien präsent, aber sie LIEBT ihre Leserinnen und Leser, also melde dich für ihren Newsletter an und sichere dir die kostenlose Kurzgeschichte DIE WAHRE LIEBE IHRES MILLIARDENSCHWEREN COWBOYS.

MILLIARDENSCHWEREN COWBOYS, die Vorgeschichte ihrer Western Liebesgeschichten-Serie der McCoy Milliardärsbrüder!

Dieses Buch ist nur für Newsletter-Abonnenten erhältlich und ist die süße Liebesgeschichte von J.D. McCoy, dem geliebten Großvater der Brüder. Du wirst außerdem Leseproben ihrer Abenteuer, zusammen mit Sonderangeboten und neu veröffentlichten Büchern erhalten.

Bitte kopiere diesen Link und füge ihn in deinen Browser ein, um dich anzumelden: https://www.subscribepage.com/cowboyromantik